牯岭街少年杀人事件

吴淡如 著

江西教育出版社

图书在版编目（CIP）数据

牯岭街少年杀人事件 / 吴淡如著. -- 南昌：江西教育出版社，2019.10
ISBN 978-7-5705-1371-0

Ⅰ. ①牯… Ⅱ. ①吴… Ⅲ. ①长篇小说－中国－当代 Ⅳ. ①I247.5

中国版本图书馆CIP数据核字 (2019) 第198170号

著作权合同登字号　图字：14-2019-0266
本著作物由厦门腾跃东方传媒有限公司授权，在中国大陆出版，发行中文简体字版本。

牯岭街少年杀人事件
GULINGJIE SHAONIAN SHAREN SHIJIAN

吴淡如　著

....
江西教育出版社出版
（南昌市抚河北路291号　邮编：330008）
各地新华书店经销
三河市华润印刷有限公司印刷
880mm×1230mm　32开本　7印张　字数100千字
2020年5月第1版　2020年5月第1次印刷
ISBN 978-7-5705-1371-0
定价：42.00元
....

赣教版图书如有印制质量问题，请向我社调换　电话：0791-86705984
投稿邮箱：JXJYCBS@163.com　　　　电话：0791-86705643
网址：http://www.jxeph.com

赣版权登字 -02-2020-085
版权所有·侵权必究

本小说根据杨德昌之同名电影及杨德昌、阎鸿亚、杨顺清、赖铭堂合编剧本写作。

新 序

躲在记忆幽暗处牯岭街

吴淡如

我是一个不怎么喜欢回忆的人。

回忆,都带着某种魔幻的成分,也常常会跟别人的回忆撞击在一起。

那么,问题就来了。

每个人脑中都是个附有修图功能的 App,会把某一部分美化,某一部分强调,某一部分略去,某一部分完全变形。有时故意,有时不由自主。假作真时真亦假,随着岁月,本来就很片面的真实变得虚幻难辨。

牯岭街少年
杀人事件

当回忆变成文字的时候,通常不会只有自己,还会撞击其他人的回忆,就会产生孰真孰假的问题,粉饰回忆,显得我们对自己不够忠诚;而就算你描写的情节你认为千真万确,也会引发那些在你回忆中自动对号入座者的情绪激荡。我,是一个一辈子努力写作的作者,但是,很不幸的,我也是在影剧圈不知不觉露脸过二十年的人,既在幕后,也在幕前。我曾经因为自己写的故事和文章引发过一些远超过想象力的麻烦,明枪暗箭来袭的状况,有时候真的很卡漫,不知怎的,蓦然回首,一箭穿心。

而通常有人在大街上打你,引来众人围观后,都不会有人关心真实事由,看完热闹,嬉笑一番,一哄而散。

随便举个例子吧,写昔日校园生活,写自己怎么样被黑。明明没指名道姓,总会有人认为"你就是在说我",他并不愿面对这个回忆,看见了你这篇文章可能有他,他就发动各种夜袭;大人们总忘了当时曾经怎么对待小孩，人类永远想要听赞美，讨厌有人在他背后私语。我不想说谎，我的选择是不写。

"你这个年纪，可以写回忆录……"这个建议是我最不爱听的，我通常一笑置之，回答："如果我真的会写回忆录的话，一定是因为我活得够久，那些可能出现在文字里的人，都不会来抗议了，那么，I will do it！"

所以我常笑说，如果老天爷没有意见，我决定要像玛格丽特·杜拉斯那么长命。她写她的《情人》一书时，书中人已经都没法有意见，包括她的情人、她的兄长、她的母亲。

我实在佩服或羡慕那些可以絮絮叨叨追忆逝水流年的作者。

我，真的不太愿意写回忆，特别是，已经脱离了卖字维生的时期。

《牯岭街少年杀人事件》，这些日子常常被提及，四小时的杨德昌原作版本修复了。我总是在一个不相关的地方欣赏着。我年少时的练笔之作。我记得,我当时练得十分认真。

****

我的一位上海同学说,这部电影,影响他的人生,作用十分大。

他是一个成功的互联网创业者。他说他喜欢那样的氛围,也一直沉迷在电影的情调里,虽然台湾的早期经验显然与他的人生八竿子打不着,但他过几年就要再看一遍,捧着它回忆起青涩岁月的某一段时光。我没有细问缘由,总之他一直是个气质不大一样的企业家。

几年前,我也曾在日本金泽的一个小酒吧里,遇到一个跟我搭讪的中年人,他知道我来自台湾,跟我说,他很喜欢一部台湾电影,手机拿出来,出现的赫然是《牯岭街少年杀人事件》,他问我:"你看过吗?就是那一部里头一直有 Are you lonesome tonight 的歌?"

我的心惊动了一下,然后很平静地对他说:"曾经看过。"然后就低头吃串烧。

我想,如果我告诉他,我参与过这个故事,他一定会觉得我说谎,也太巧了。

当然,我没有再把话说下去,可能跟这位中年文青一点也不帅有关。

呵呵。

我写完这本书大约是在1990年,我二十五岁左右。1991年电影上映,书同时出版。

当时剧本已经大致成型,杨德昌正在拍片,我在没人看见的小角落里默默地写。我只看过杨导一两次,那时最初的剧本大纲刚成型,他还正在拍前几幕。在出版社的推荐下,他面前出现了我这么一个出过书但还不太有人认识的作者。记忆中的一幕,是他在拍片空档微笑地对我说:"你喜欢怎么写就怎么写,麻烦你了。"

很腼腆的笑容,如此而已,一种被宽容的自由,我非常感激。

我一直很感谢这种文青之间彼此体会、各自为政的自由。之后我写过几部和电影有关的小说,包括徐小明导演的当年坎城影展闭幕片(描写的也是台湾黑帮)——我几乎已经忘记曾写过这个小说,忘了二十多年,在我写这篇文章时才记起。这部电影真正捧红的,应该是歌手伍佰吧;还有吴念真导演的《无言的山丘》(写的是日据时代的九份矿工故事)……这些写作的挑战对我来说非常美好。法律系本科毕业却喜好文学的我,本来就不是一个风花雪月的浪漫文青,甚至有着天生反骨,我喜欢有时代背景的大故事,不论黑白,不管有多残酷。我喜欢像控制外科手术刀一样的感觉,鲜血或情绪呼之欲出，但不喷溅过度。

我写的《无言的山丘》的结尾，甚至还和吴导拍的电影结尾根本不同。尽管基于同一个剧本大纲，那些故事与人物，在文字里活出不太一致的风貌。

没有人管我，也不介意，不请求允许。

我不是一个很好的团队工作者，我很明白自己。后来创业基本上也都是独资独裁。我讨厌开会，宁愿努力搜集资讯、观察，让理由说话。就算中年之后入世很深，是个生意人，也是俗人。但前进时始终听见的是一种"远方不一样的鼓声"，不喜欢排在队伍里，也不太在意自己决定做一件事时旁边到底有什么意见。

从心理学来说，杨导、徐导、吴导都很尊重创作者的"界线"。我自己的作品改编过电视剧，我也不过问，因为我尊重"界线"。

《牯岭街少年杀人事件》，整个故事缘起，绝非我的发想。真正的牯岭街少年杀人事件发生时,是1961年,那时杨导还是少年,十四岁,和真正的新闻主角茅武一样,是建中夜间部(同时间上课的有建中补校)的学生。那是他的青春年鉴。一个压抑的、还在戒严的时代,一个觉得组黑帮很厉害的少年,在其实还不了解那是爱还是痴迷的年纪,为了某个单纯又糊涂的理由杀了他的情人。时代和大人们才是这个事件的教唆者吗?如果不是杨导,在那个只有靠剪报能够找到新闻事件的年代,我无从知道事件的始末。那年,我根本还没出生。

这个真实事件其实很残酷。被杀的女孩,父亲在1948年的内战中殉职,母亲带着才两岁的她到了台湾,两人相依为命;女儿被杀之后,母亲吞金自杀,后来被救活了。

茅武出生在书香世家,哥哥们都在台大,姐妹都在北一女,他一个人念建中补校,又因持刀到学校去被退学。我想除了情人移情别恋之外，他的压力本来就很大，那无可挥发的青春，跟黑帮兄弟在一起，图的是一点热度与火花。

我看过当时的判决文书。后来，茅武家被判赔偿十二万多台币（相当于人民币三到四万元）。在那个年代，钱比现在大，但这也绝不是一笔巨款。嗯，一条年轻的生命在那个年代的估价。

据说茅武坐了十年牢，出狱时二十五岁，后来改名去了美国，从此消失在所有人的眼耳中。

然而，或许就是缘分，我跟牯岭街的渊源很深。我的最精华少女时期，十五岁到十八岁，就是在牯岭街杀人事件（当时的原址应该在牯岭街五号附近的暗巷里）事发现场度过的。那个时候我从乡下来念北一女，最便宜的学生宿舍在牯岭街，里面住的大部分是北一女的学生。八个人或十六个人一间，像集中营一样晚上十点熄灯（我的记忆细节从来不是清晰的）。有个七十岁的女舍监，骂起人来很恐怖，只有她的房间里有电视，听说她是抗日女英雄。我忘了她的脸，因为，我始终不敢直视她的脸。

几百个女生挤在两层楼的老房子里，共用八间浴室，没有洗衣机，没有供膳，没有隐私。灯光永远不足，让我在十八岁时近视度数高达八九百度……到处充满规矩，否则舍监骂人如刀切菜。这三年牯岭街生活给我的最大启示，正是英国女作家弗吉尼亚·伍尔芙所说的："一个女人如果真的要写作，一定要有独立的经济能力和自己的房子。"

我记得，有一回我和一位可能是参加救国团认识的建中同学（牯岭街离台湾排名第一的男子高中——建国中学很近）在宿舍入口的地方交谈（我保证两人相隔一公尺远）。女舍监买东西回来，看到了，冲我破口大骂，说:"狗男女!"

桌上一个台灯都没有,在共用光源下,当大家都在啃书,而你在稿纸上写作时,是一件怪事。接到退稿,更是一件怪事。少女时期的我怀抱着作家梦,努力不倦地写,把写作当成自己唯一的精神生活,却连自己也不相信自己有朝一日会成功。

我不喜欢忆旧,是因为那个日子还真过得枯燥而辛苦,连笑都不能张狂。除了考试,就是规矩。我其实是个想法不太一样但行为还算乖巧的学生,但也常常因为某些我想不到的理由进出训导处。有一次,不知道在作文簿里写了什么,老师给我一个大大的零分,还扬言把我送到隔壁的警备总部(有关警总的威力,《牯岭街少年杀人事件》里描写得很深入),还请我父亲到学校来讨论我的思想问题。我不太愿意回想那个国文老师的名字,那几年的国文课对我而言是一场绵长的噩梦。不过,当我变成一个"大众畅销作家"时,我仍然认为我该感谢那位老师,因为我心里其实一直想告诉她:你,不该给我零分,你记得吗?后悔了吧?

我和杨导一样,少年时代都在牯岭街度过,虽然他早我十八年,但是戒严时代的气氛并无二致。对于既得利益的控制者而言,让百姓生活一直保持在同一个样子、同一种氛围,是最安稳的方式。

那三年,台湾仍然戒严,美丽岛事件发生,反当局者皆被打成"匪"。林义雄家发生了灭门血案,似乎黑暗中有只手,借此残忍的杀鸡儆猴,要所有反对者不要再轻易尝试。至今,没有找出任何凶手……

活在牯岭街的少年时期,读书是为了联考,其中都是禁忌,我很少真正笑过或觉得生命有意义。我持续写稿,是在跟自己对谈,怕我的灵魂在那么年少就死去。

在我当一个"大众畅销作家"时,我写作品,励志,阳光，就算包容着铁铮铮的现实，但也从来不是冰冷曲调。

我喜欢鼓励人看着未来，突破障碍，因为未来可以充满想象力。我根本是早期的"鸡汤"烹调者。

所以我从来没有提及过《牯岭街少年杀人事件》，更不想借之来宣传什么。

那是杨德昌的代表作，我尊敬这一部作品，也把它放在我心中的重要位置，但是我不想要依附它什么。我当时只是一个努力的写作者，企图对得起那个时代、那一幕幕惊心动魄又带着唯美感伤情怀的场景。

杨导的原版拍了四个多小时。

这本小说，我只写了六万多字。往坏处说，真不细致，往好处说，我不啰唆。那个氛围，我用我可以使唤的文字留住了它。

二十多年过去了，我很不想回忆，也是因为，为了写这本小说，我本来很单纯的人生发生了很多事，惊险，但说真的没有太愉快。

我记忆中最荒谬的场景是一个荒废的、一楼到处挂着蜘蛛丝的咖啡厅。

后来我在某报社当个安安静静的小编辑,有人托了人找到我,说要跟我谈谈。

把我带到了暗巷里一个好像已经停业的咖啡厅。然后要我走入地下室,真是一级一级通往没有光的所在。

"你知道我是谁吗?"一个中年人,文质彬彬,是他召见我。旁边有几个大男人围着他。

我真不知道他是谁。

他说,他很喜欢我在《牯岭街少年杀人事件》中的写作方式。内敛,干净,冷冽,无过多情绪,对他们那个年代的江湖用语仿佛了若指掌。

"你的黑话,用得很贴切。"他说。那是另一段惊险故事,为了了解那个时代的江湖,我采访了许多比我大二十岁左右、混过帮派的大哥、大姐。如果不是写这本小说，他们的世界，离我非常远。

"我这一生很精彩，希望你能来帮我写传记。"他说。

我……我……我……

我们只聊了一个小时吧，忘了我答了些什么，他对我下了个结论，说："其实你的个性也很江湖兄弟啊。"

呵，各位要知道，当时我可是一个长发披肩、穿着公主装的年轻女子，不认识我的人都说我很秀气……

我没有帮他写传记，因为他是当时的重要通缉犯。不久，他就远离了这座岛屿，很多年很多年，消失在新闻里。

提及现实人物，不管他是否还在世间，大凡我的记忆和别人的记忆有冲撞的地方，我仍然是小心的。

有关那些为我提供素材与帮我做黑话释疑的大哥、大姐，有几年时间他们还是我的朋友。有一阵子我失业，

牯岭街少年
杀人事件

还有人义气地帮我找工作。

但是,我也很庆幸我没有过和他们一样的生活。毕竟,如果不是在乱世,常常演《水浒传》并不是很妙。

随便再释出一则早已忘却的记忆吧。有一次,我在某一咖啡厅采访其中一位我确定他早已退出江湖,而且还在职场上做得有声有色的大哥级人物。旁边桌子有个中年人,说话大声了点,很吵,肆无忌惮。

是有点讨厌,但是一般状况,大家都会忍受。

忽然间,我看到桌上的玻璃烟灰缸就这样飞出去,打得那个中年人鼻子全是血。

这不是我的幻想。

你可以想见我当时多么像一只被丢在枪林弹雨中的小白兔。

凡事不能好好讲吗?

我从他们的性格里头看见某种东西,一种任何教条或法则并非真的可以控制的东西。

特别是有些友谊还真难摆脱，为我当时制造了不少苦恼。

这让我悟到，武侠或帮派小说，总写到一入江湖，金盆洗手就难。那难，其实不是因为他的帮派舍不得他，而是他的性格像水坝闸门一样，那个门有时候会坏掉，洪水会冲出来。

还是回来说作品吧。我不提起，是因为《牯岭街杀人事件》和我的主要作品南辕北辙，就算是在行销策略上，绝对不相得益彰。

但我也必须承认，我并不永远只想写鸡汤。

我也喜欢阅读宫部美幸小说里那些让人打寒战的残忍情节。

我其实写过一两个杀人案，但没写完，如今停棺在我的电脑里。

牯岭街少年
杀人事件

我的确有另外一面。在写《牯岭街少年杀人事件》时，我意识到它。那一面，阳光并不普照，并不美好，但却很重要。

只有甜味，食物是不会太好吃的。

它是我珍重的另一种不能没有的味道。

我不喜欢从什么抗议社会杀人的角度去理解电影的或事实的牯岭街杀人事件。似懂非懂的青春，冲动与热血、义气始终是相似词，荷尔蒙里面所饱含的不可控制因子，还存留着来自原始基因的呼唤，是那么危险，又那么朴实。

有些事情，只有你年轻的时候会那么想，那么做。

是的，回忆珍贵，但多半时间我不喜欢回忆，我喜欢往前。不小心提当年勇时，我心里都有个声音告诉自己：你老啰？停止吧。

我最喜欢的作品，永远是我想要写出来的下一本书！

0

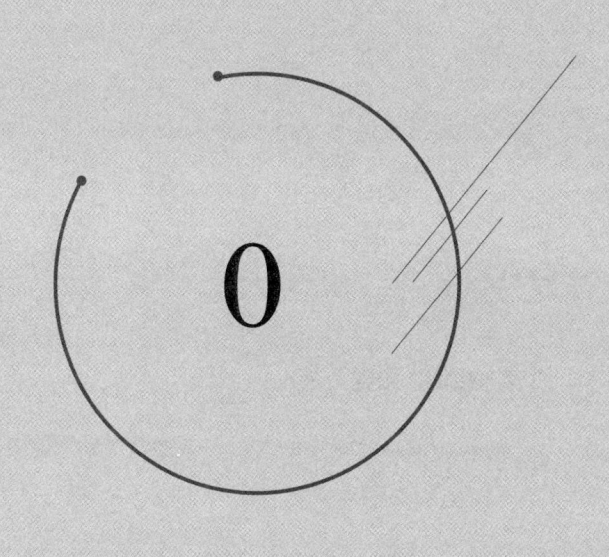

·····

没有人相信，张震会杀人。

1

•••••

那年夏天怪蝉叫得太凶,所以小四的初中联考没考好。

小四一直是个好学生。他长得干净端正,行为举止一向循规蹈矩,念小学时他还曾经选过模范生,成绩当然是名列前茅,没话说。

小学毕业那天,级任老师还跟小四的爸爸张道义讲:"你这儿子,将来会有出息!"张爸爸很得意,却还故意说:"小时了了,大未必佳!"问老师,"你看这孩子前三志愿沾得到沾不到边？"

发了福的女老师笑得银牙闪亮："哪儿的话，张先生这也未免多此一问。张震他不上第一志愿，那我们班上不都滑铁卢啦！"

任谁也没想到，小四就是没沾到前三志愿的边，刚刚好落在建中夜间部，差三分和白日的光明绝了缘。

他最拿手的国文才考了五十五分。张爸爸很难接受这个事实，小四还在牙牙学语的时期，他就教过他念《三字经》《菜根谭》；小四牙齿刚长齐，就会摇头晃脑念："人之初，性本——善。"一点不假，张震他妈可以作证。

张爸爸当了半辈子的公务员，领的是公家吃不饱饿不死的薪水。孩子一连进出了五个，维生便日渐艰难，这儿周转，那儿记账，他那原本壮硕的身子逐日消瘦成了风中竹竿。步入中年后，身体机能对台湾的暑瘴和湿气都亮起了红灯,又咳又风湿,又壮志消磨尽。

所幸几个孩子都争气,张爸爸的下巴还是抬得比别人高。

大女儿张娟这年已经念了台大外文系,标标致致,升大二了;二女儿张琼也踏姊姊后路读北一女,将来还是未可限量;大儿子是念建中日间部的张强。女孩儿不算,两个儿子中,张爸爸偏心的还是张震。这个四儿,眉宇清秀得傲气十足,承传了母亲的秀致和父亲的挺拔。

要张道义承认儿子国文不及格,比吐他一口痰还难过。

他问张震:"这成绩恐怕有问题吧?"

张震不忍扫他的兴,只说:"不知道。"只有他明白,考试那天,考国文那堂,他昏得厉害。考场两侧凤凰木上的蝉声太吵,唰唰唰唰,像倾盆雷雨一样,把他的游魂全洗了去。

说不说都无妨，反正这不是理由。

张道义不服气，他凭过去的老同学，现在在公家机关当副处长的汪狗问了门路，去向联招会据理力争。

"我儿子的国文成绩一向很好，不会考出这种成绩，一定是阅卷时出了差错。喏，你看，其他科目都九十几分。"

张震坐在女主委办公室外的长板凳上等父亲，看见父亲那脸红脖子粗的样子，有点心虚，又有点好笑。

他想，晚上上课也差不到哪里去，其实没关系。

正是白花花的炎夏，热气蒸腾，汗珠从他额上、颈上一颗颗滑下来。晚上风大，天气该凉爽些。

女主委答应复阅卷子，如果是联招会的错误，一定改分发。

覆阅无误。张爸爸不得不接受了事实。

过了热黏黏的夏天,小四穿上卡其服,别着黄皮带,到建中上课。大白天都变成他的了,日子一下子空下来,够他和新朋友称哥儿们。

2

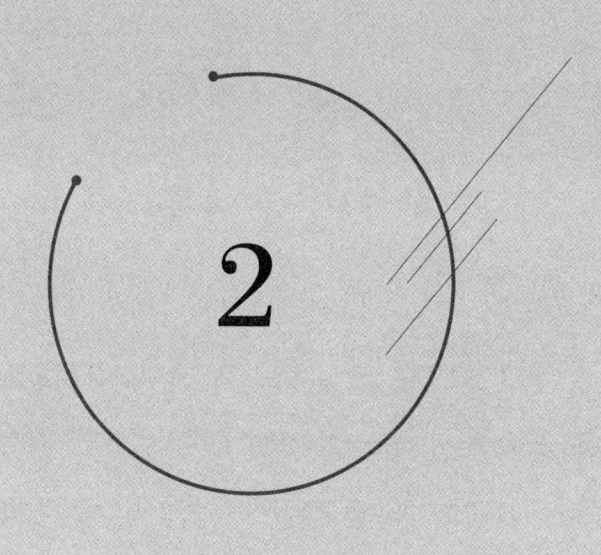

•••••

　　小四习惯了晚上上课以后，第一个认识的朋友是小猫王王大立。小猫王一看就是个长不大的个子，高度只到小四的肩膀，英文嘛，识不了几个单词，却成天用童音哼普里斯莱的歌：

　　你今晚寂寞吗？

　　今晚你想念我吗？

　　小猫王的歌也许哼得不算难听，但传到小四的耳朵里，全然是既麻痒又恶心的感觉。

好像一只还没到思春期就开始叫春的猫儿，喏，就是那么惨。

无论如何他们还是好朋友。小猫王自从迷上猫王以后，读书这档事儿就被他抛得远远的，考试常得靠小四罩，越发不能少小四这个朋友。小四也只好忍耐听他唱歌。

不知道什么时候，学校附近片厂搭起了一个新棚。小猫王偶然发现灯光架上有个天井似的缺口，正好探下来瞥见拍戏的情景，就要他一起去看。戏没拍前，那可是他们两个人的私人天地，等那部叫《红楼新梦》的戏开麦拉以后，更舍不得不到灯光架上一窥究竟了。上课以前两个人总窝在上头。

出了状况那天是月考，还剩一堂历史考试，小四和小猫王在上头温书。听得导演说："女主角换性感睡衣！"两个人的四只眼睛就不自觉地移开了历史课本，暗寻春光去。

从上往下看，正好可以瞧见女主角白白嫩嫩的身子给服装阿姨围成圆筒形，因陋就简，换起衣服来。平白上演了一场免费的限制级电影。

"可惜重点部分没看到。"小猫王小声说。

其实只看到一头梳得油亮生硬的黑发，搞不好还是戴的假发。颈子以下给布幔阴影遮住了。

"我觉得什么都没看到。"

小猫王不甘心，用两手支撑着身体，硬要再探身出去取角度，忘了历史课本，"啪啦"一声，差点敲到女主角的头，翻落地上，扬起一阵烟尘。

场务领班的手电筒马上唰地垂直射上来："谁？"

两人还来不及面面相觑，拔腿就跑。那棚一出来是一栋旧式宿舍，巷窄弯多，小四绕得头都昏了，好不容易才觅得一个角落藏身。心想待会儿得考历史，怎么办？时机太不妙了。

领班手电筒一甩射过来，偏又碰巧照上他的脸。光线刺得他心慌意乱，眼里花白一片，想脱逃都没力气，给揪着领子一路到片厂传达室去。

"八五〇八九，"领班得意地记下他的学号，"你这小鬼来这儿干什么？说！"

小四眼睛净瞧天花板，一只壁虎匆匆溜过。

"你叫什么名字？"

他没作答。领班就翻小猫王的历史课本："王——大——立，我知道了。"一只手紧紧揪着他不放，生怕他逃掉，一只手忙着拨电话，嘴里咕哝，"我就打电话给你们训导处……"

小四想，小猫王和自己这下可都完了。手被擒住，不知怎么逃得掉？听外头蛙儿呱呱叫得心慌，所幸窗外正准时扔进一块砖头，打得玻璃碎花四溅。

准是小猫王救驾来的，还真有默契。

"谁？哪一个混蛋，你们这些专门作乱的小太保……"

领班气呼呼大骂，放了他的手冲出去。小四抓了桌上的历史课本和记他学号的纸条就跑，头又回过去，看见手电筒，心里实在舍不得，顺手拿走领班亮银银的手电筒。

用跑百米的速度冲进植物园，一片黑漆漆的，小四停下来喘口气。十秒钟后，才看到小猫王的身影也慌张前来，他安了心。大难不死，否则就得开记录到训导处听训。

小猫王还笑得很开心。他个儿小，胆子用来恶作剧还有余，见小四顺手牵了手电筒，羡慕得很："这下可有的玩了。"

"走，还要考试。"

"还有五分钟嘛，急什么？"

小猫王提议玩见光死，抢了他手中的手电筒，扭开，往树丛里照去。树丛那边好像有两个人缠在一起,当天第二个漏子又捅出来了。

"小鬼不想活啦!"人影倏然一分为二,跟着惊天动地一声骂,两人又撒腿就跑,再以百米速度冲进校园,上课钟响得好生洪亮。

考卷发下来,小四还听得见自己喘气的声音。小猫王又在对他挤眉弄眼,要抄他的卷子。

小猫王虽然坐他隔壁,却也隔半公尺远,亏得小猫王视力2.0。

3

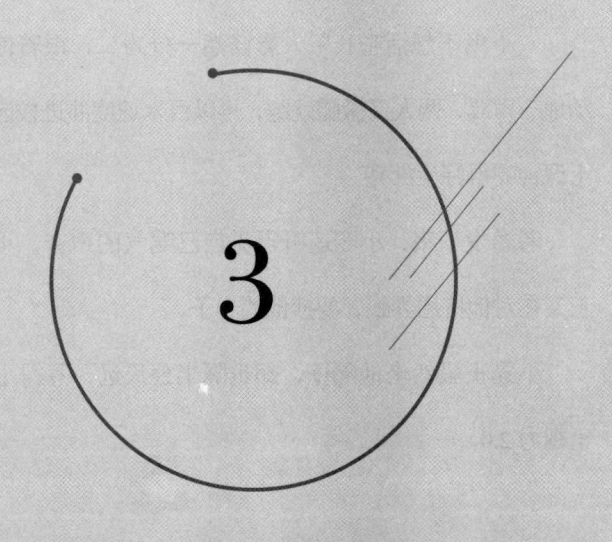

·····

放学铃声打了以后，国文老师前脚才踏出教室，小公园帮的条子就带了两个小喽啰来喊人，说是滑头在国语实小里被眷村帮的堵了。

条子当然不是真的条子，他是以前小公园帮老大哈尼的弟弟。哈尼和人家决斗杀了人逃亡，条子就仓促领军，照料起小公园帮来。他们的恩怨，小四不太清楚，他和飞机跟小公园帮认识，还是因为小猫王偶尔在小公园冰果室免费卖唱的缘故。

看条子这样狼狈，一干人也跟着义愤填膺："我去，我去！"

条子又到隔壁班吆喝人手。小猫王一把拖住小四："走啦，带你见世面！"

看一群人这么摩拳擦掌，小四也就跟了看热闹。

到了国语实小校门口，远远就看到两个眷村帮的小混混鬼鬼祟祟地出来。两人瞄见条子带了这一大批人马，马上回头逃窜。

条子大喊："追啊！"仗着人多势众，小猫王、飞机像饿狗一样扑咬上前去。追到了操场，便见到滑头这家伙正被几个眷村帮的架住，在拖磨时间，一脸狼狈。小四以前就很不喜欢滑头那种油里油气的样子，他这次跟来，多半还希望看看滑头被打得半死的惨状，没想到这油嘴滑舌的家伙到这时救兵已至还没奄奄一息，暗叫一声可惜。

先前从校门口逃回来报信的小鬼朝滑头这边大喊:"翘头啰!"眷村帮的见敌方来势汹汹,散得跟棉絮乱飘一样。滑头一重获自由,气势就不一样了,旋身作势要追:"孬种,不要跑!"

跑了两步,滑头就停了下来。其他的救兵还一路穷追猛打过去。

条子一见到滑头,就揪住他打量,见滑头额上青肿了一大块,好气又好笑,要问个明白:"你怎么搞成这副德性!"

"又不是我自己搞的,就是落单被他们看见了,被堵嘛,"这几句话说得有点气弱,胸膛却鼓得挺挺的,"看什么看,我一个人撑到现在,我就不相信有人被堵还像我这么挺!"

"你干吗三更半夜跑到这儿被堵?"

"关你屁事。"

条子是个楞直的人,不比他哥哈尼,还有点谋略算计。只是恨恨吐口痰:"这些眷村的混蛋找到我们地盘上来了。"

"我告诉你,今天就不是眷村这些小鬼,也会是别人来克我们烂饭。你老哥不在,一定会出问题,从前跟你说你还不信哩。"

这一句话下得狠,分明是怀疑条子的管事能力。条子扁着嘴没说话,兀自沉思半晌。

追人的仗人多一路落花流水地赶下去,独独小四脱了群,在幽静的走廊上晃荡。人在发育期的时候,身形似会总被一种看不见的力量拉得不成比例,小四就是这样,长手长脚像迎风招摆的枝条,走起路来没啥精神,走廊上月光把他的影子掼在地上,越发像一棵会走动的树。

他每到一间教室就打开灯瞧瞧。条子要他搜寻有没有藏身在教室里的眷村小鬼。

找到了又怎么样？一个人赤手空拳起不了作用，何况他还没打过架。

晃到一年级四班的时候，他啪啦开灯，模糊中好像有个女生的人影一闪。小四自己又很反射动作地把灯关了。念夜校以后，眼睛好像变成了猫头鹰眼，对突如其来的强光不但很难适应，还严重头晕目眩。

刚刚有一个女生没错。女生这么晚来这儿做什么？

小四为了证明刚才没有眼花，又扭开灯，人已经不见了。

他想到滑头为什么在这里被堵，原来是有缘故的。夜里滑头不会一个人来实小散步，分明是在这儿约会，被眷村的人看见了。

那也不关他的事。听小猫王说，最近几个附近帮派为马子恩怨颇多。条子的哥哥哈尼，就是为一个叫小明的马子和人单挑的，杀了人只好到处潜逃。

女人是祸水？他想，也不能一概而论，像自己的二姊张琼，天天捧着圣经念阿门、哈雷路亚，一辈子惹不出祸来。

张震回到操场，见小公园帮的兄弟们已经逮到了一个瘦瘦小小的眷村小鬼，用手电筒直照他哆嗦的脸问话。小鬼头一次被堵，吓坏了，低声求饶，一口四川话，在这时候显得别扭有趣："不是我通风报信的，我只是跟他们来，自己人……大家是自己人……"

条子还待在一旁沉思，滑头显得像个老大似的，在地上捡了半块砖头，对小猫王和飞机说："你们俩不是想混吗？这个人太吵了，让他安静一下！"

小鬼看到砖头，嘴角都抖得流出白沫来。小四没再走近，怯怯地把头别过去不敢看。

滑头把砖头递给飞机，飞机没接手；滑头又把砖头放在小猫王手里,小猫王的手头颤巍巍举了三十度,头却低了九十度。

滑头抢过了砖头,很不屑地说:"想混你们还怕,孬种!"哐啷一声,往小鬼的脸砸下去。小鬼应声倒了,抬起脸时,满嘴是血,久久吐出一颗白牙来。小猫王和飞机也都别过脸,不忍看他求饶得那么凄切。

"好了吧。"条子一说话,小公园帮全数一哄而散。

小四回家时,家人全都睡了。他一个人在厕所里开灯又关灯,试了几次还是觉得眼里一片花白,像满天星星眨眼睛。

"怎么那么晚回来?"

张妈妈披了外衣出来看。

小四没回答,只答:"眼睛会花。"

"早点睡就好了。"

张妈妈没再问下去。小四关了灯,回到自己的壁橱狗窝，一闭眼，脑海里还全是实小里头的事情，那小鬼被扁得血腥腥的。那件事透着一些不寻常的蹊跷，让他一夜做梦都不舒服。

那可是他见识的第一场斗狠场面。

4

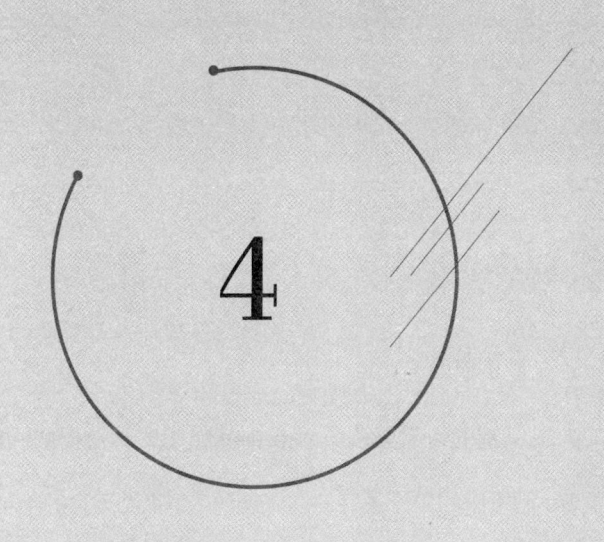

• • • • •

又是星期六了。

睡上铺的哥哥张强，六点钟就起了床。壁橱的门没关好，洒进来的阳光正好停在张震脸上，犹如无声的闹钟。

这天轮到张震班上参加周会。张震想到这事，再也不敢赖床。狠狠地刷牙洗脸，不久就听到小猫王在门口学泰山叫。猴黑猴，猴黑猴——怕整个巷子的人都知道他来了。

"小四，怎么今天起这么早？"

他背了书包冲出门去,大姊刚从浴室出来,喊住他。

"周会。"

小四答话一向简单。

小猫王在门外瞥见大姊穿着半透明的衬裙,傻乎乎吹了声口哨:"哇,贵妃出浴呐。"

不料大姊听见了,马上摆出茶壶架势:"小鬼好的不学,专学坏的。"

大姊还要叫骂下去,小四拉了小猫王就跑。

"你老姊越来越像美国人了,早上起来洗澡!"小猫王说。

小四把脚踏车骑得好快。他现在骑脚踏车技术好到可以放双手一分钟,没问题。

周会对他们来说是最乏味的一段时间。

台上有个瘦瘦干干的人,说是前好几任学长,自愿在每星期六下午来医务室义诊,担任校医,为了报答母校的栽培。小四和小猫王还径自说着实小的事件。小四肯定滑头这家伙是带马子晚上到实小散步才被堵的,他相信自己的推理。

"原来如此。"

小猫王恍然大悟:"可是那马子是谁,你认得吗?"

小四摇摇头,他没看清楚。

小猫王自己下了结论:"不是小翠,就是小明,可是滑头这时应该还不敢沾小明……"

小猫王对女生也没什么兴趣。除了猫王普里斯莱以外,他的脑袋里还很难装下其他东西。

"为女生被堵,情圣吧——"

没想到这一捕风捉影的无心话,惹来滑头的大大不满。这一堂考英文,小四一坐下来,滑头就紧跟着抢了隔壁小猫王的位子。

"你在外面乱哈拉什么?"滑头来者不善,翘着屁斗下巴冷冷问小四。小四看他那模样,想及前一夜他被堵的狼狈,暗觉好笑。

"我讲什么?"

"你说那天晚上看到我和马子在实小里头?你没看到可别乱讲。"

小猫王来了,要讨位子,滑头不让,一推:"你不会去坐我位子啊?滚!"

小猫王悻悻然到后面去坐。英文老师踏进教室,开始发考卷。小四一劲儿埋头苦写,不理他。

"给我抄!"

老师走出教室和隔壁班监考老师聊天,滑头的眼波就丢了过来。小四很冷淡地瞄了滑头一眼,分明不让。

"不给我抄,你就试试看!"滑头追加一句。

小四反而甩手臂把考卷圈得密不通风。

考完试,一出教室,滑头一拳猛打过来。小四没躲好,撞到柱子，刷出半脸血痕。

"叫你给我抄，你还心不甘情不愿。老子抄你还是看得起你！"

飞机拿着棒球棍子走过，小四一把夺在手上，高高举起，偏偏后面传来训导主任的声音："干吗？打架啊？"

滑头这个绰号，也不是凭空得来的，他随机应变的功夫绝对一流："没有啊！在玩。"立即笑容满面。

训导主任看看球棒："前几天有人拿球棒打老师的，你们这些学生越来越不像样了。这根球棒我要没收！"

说完，拎着球棒走了。飞机在一旁敢怒不敢言，待小四回到教室，才挨着他说，球棒刚买来，还是新的，七十几块，不便宜。

"你不要看他是好学生，你跟他搞上，他会玩真的！"

教室外人声喧哗，但小猫王中气十足，把这句话说得历历分明。小四的眼又花了，头有点晕，只听见滑头"呸"

了声:"老子天不怕地不怕,还怕那种货色……"

小四回家以后,只道脸上血痕是打球撞到的。他不是喜欢说谎,只是习惯沉默,很多事不用讲太多。

张家一家七口,张爸当公务员;张妈领的是一年一聘的小学聘书,虽然说是两份薪水,但事事物物都要钱,过得日益拮据。

"布衣暖,菜根香,日子过得下去就好。"张道义自有一套安贫乐道的理论,用来安慰老妻,兼以开导孩子。

钱不够用,跟巷口胖叔杂货店赊账,已经是十年来兵家常事了。大姊张娟大了以后,到胖叔店里拿东西,多半由大姊去,替张妈省了不少力,但大姊也颇有怨言,因为胖叔越来越刁难。

这一天张娟送男朋友从家里出来,经过胖叔店面,买了一块南侨肥皂,又包了半斤红糖,照旧记账。胖叔酸里酸气,没给好脸色,还当着张娟的面说:"现在女孩子不太检点，没结婚男朋友牵着满街跑！"

张娟个性也硬，脸不红气不喘，把男朋友的手握得更牢，有说有笑走了出来，不理胖叔咕哝。只在晚上陪张妈做菜时，加了一句："妈，我们不要再到胖叔店里赊账了，好不好？胖叔最近好死相，不晓得我们哪儿得罪他了。我们到底还是会还他钱的，他凭什么给那种脸色？"

张妈妈和胖叔相识那么多年，坚持胖叔人性本善，只是小心眼而已，笑着："还不是看你上了台大，他女儿考几年大学都没考上。他高兴说什么就让他说，我们也没少块肉。"

一家人只有在周六、周日才全员到齐吃晚饭，毕竟小四上的是夜校。

张妈妈端菜上来。小妹张婉又抱怨了："天天吃番薯叶子，再吃脸都长得跟地瓜一样了。"

"你喜欢吃什么都行,长大以后自己赚钱,买给爸妈吃!"

张道义脸一沉,呵斥了张婉。他总嫌张妈妈偏心惯坏了这个小幺女。

张琼还在祷告,张强已经等不及大家,开始扒饭。

"爸爸还没动筷子,不许动!"

张妈妈向来要大家奉行"长幼有序"的规矩。

小四已经在脸上擦了红药水,脸不痛了,但心头一股气,像火山口还在喷着腾腾滚滚的白烟,随便扒了几口饭,再也吃不下。

"就吃这么少?"张爸问。

"吃饱了,吃不下了。"

小四钻回壁橱,埋进被窝用手电筒做光源,拿出日记,找到一页空白,恨恨写下:"滑头你绝对逃不掉。"

5

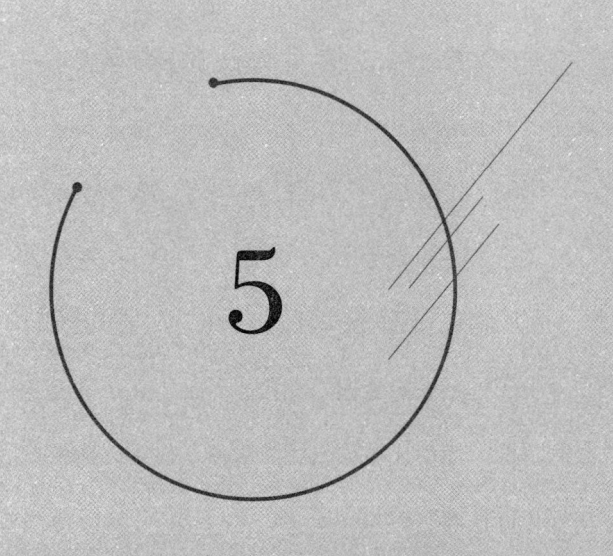

・・・・・

张震很早就知道小明。

小明是建中补校二年级的女生，在条子的老哥哈尼还没逃亡的时候，小公园帮的都管小明叫大嫂，当她是哈尼的人。

虽然已经不讲男女授受不亲，但这时男女关系还是风气未很开，跟个女孩儿走在路上，相隔一尺远，也有人一路叫，泡蜜斯，泡蜜斯。

泡蜜斯这三个字给人的感觉，好像一个人平日无故栽进一筒糊糊的冰激凌里去，甜味是有的，但多少惹得一身不干不净、不清不明。

张震只知道小明是哈尼的蜜斯。究竟一个女生变成一个男生的蜜斯，要发生什么事才算，他不是很清楚界限所在。

小猫王大概都还没踏入所谓青春期，已经懂得到牯岭街的旧书摊买小本，买到人面熟了。老板见小猫王从牯岭街上游晃过去，都会叫住他："喂，小不点，有新货色！"

小猫王也曾经要小四和他一起众乐乐。两三个肉团团的人抱在一起，看得人脸上一阵发热，看多了也没兴趣，不明白小猫王为什么乐此不疲。

才初一，他对女生只有一点好奇，泡蜜斯当然没经验。

不久前，有一回和小猫王走过操场，小猫王告诉他："喂，那就是方小明。"他才把名字和人连在一起。

小明正兴致勃勃地跟小四班上的刘名虎玩篮球。刘名虎单手运球，小明企图抄球，左抄右抄抄不到，那样子很滑稽。她的长相，张震也没看清楚，只知是白白净净的，不胖也不瘦。

不像是人家的蜜斯。那女孩看起来很干净。

"补校校花哎，哈尼为她和眷村头子单挑……"

"知道了，"这话小四听人传了一百遍，"真笨……"

小猫王说："哎呀，你没到为女人伤心的时候，你不懂啦。"

"你就懂？"

"Are you lonesome tonight？"小猫王又叫春般唱起招牌歌。

无论如何，敢在篮球场上公然和一个男生嬉耍的女生还是有点骚，长得再正都是假的。小四那时这么想。

认识小明以后又不这么想了。

他在医护室打预防针时认识了小明。

医护室里人多手杂，真正做事的人却只有护士马小姐一个。马小姐跟小四这一届一起进建中当护士，刚开始还有一点白衣天使的温柔和慈悲，给一群常进出医护室、各怀鬼胎的小鬼头闹久了，"一张脸愈长愈像马脸"，这是小猫王批下的毒话。

如果不是规定非打预防针不可，张震可一点也不愿意进医护室。

这会儿马小姐又嫌打预防针的不会排队：

"小混蛋，一个一个来！"

一会儿又指着一个刚进来的补校学生："你什么毛病？肚子痛？想请假呀？没那么简单。"

有个矮个儿的要讨维生素丸，她也不喜："维生素吔，多吃了也会死，你当它是糖果啊？"

就在轮到小四的时候，方小明被几个女生七手八脚地抬了进来，看样子伤势颇严重的，左膝盖淌着血，皮肉烂糊糊一片。

马小姐打量了两眼，肯定这下不是装的，转身到诊疗室唤医生："喂，真的受伤了一个！"

方小明痛得泪珠儿在眼眶里打转，还硬撑着苦笑。

"怎么了？"

一群女生在诊疗室里七嘴八舌地作答，太吵了，医生要她们先回去。马小姐一边应付来讨药的各个小鬼，好不容易才帮小四打完针。针头一抽出，上课铃也响了。

马小姐又吆喝："去，去，上课去，没看的下课再来！"

赶鸭子赶得各路鬼神鸟兽散。

小四边揉针口，边缓缓挪着步子离开，方小明腿上已经裹好了纱布，一跛一跛走出诊疗室。

"应该没伤到骨头，小心这几天别碰到水，也不要用力……"

医生耐心地叮咛着,看到小四,要小四扶她回去上课。

方小明不要他扶。

"我自己可以走。"

她边走边皱眉头,掩不住吃力的表情。小四迟疑地把手伸了出去让她靠。小明没想依他,他又自动把手缩回来。

"你先回去上课。"

小四听她的话,快步朝前,踩了两步还是折了回来:"我还是等你。"

走近穿堂走廊,赵教官高亢的山东腔就排山倒海地涌进耳窝:"我从前待过台中清泉岗,哇,那是你老家呀,那里空气好哇……"

听来赵教官是在和福利社的小妹聊天。

他们管福利社小妹叫红豆冰,因为穿堂福利社里还算能吃的东西只有红豆冰而已,有时候小猫王和飞机还故意恶作剧掀红豆冰的短裙子,看看里面是什么颜色。

好一晌赵教官还在口若悬河,没有走的意思。

"这会儿一出去,不说我逃学才怪!"

"那也不能在墙角边躲一堂课呀!"

"我知道有地方。"

小四知道班上小虎、滑头他们逃学是从校园后边一株椿树后翻墙出去的。他自己没试过,但很容易翻过了;小明脚受伤,只有帮她点。以前没发现女孩子的手那么细软白嫩,像面包心一样。

小四决定带方小明到戏棚灯光架上去。

夜色渐渐暗了,显得戏棚子里灯光特别灿亮,布景搭的花园、凉亭、老井和雕梁画栋历历在目,虽然有点假假的,也确实比白天堂皇。

导演刚放下便当盒,女主角那边就嚷嚷起来了:"这什么剧本,不合理嘛,一下子古装,一下子时装,哪一国学来的拍法？哟，古装也要我脱，时装也要我脱，这我可不能接受！"

女主角叉起两手，骂完以后闷闷坐得像菩萨。

"又不是我要你脱，"看来导演对选角不满也积怨多时了，"是制片要你脱的，反正你就是个肉弹明星嘛！"

女明星一听，火上加油，一甩头踩着高跟鞋咔啦咔啦走得好急。导演在她背后大吼："什么东西！她导演还是我导演？"

见导演在气头上，全场没人说一句话。

小四和小明见没啥可看，溜了下来。导演吵了架后就闷着头抽烟，瞥见他们鬼祟下来的两个人，发出了声音："喂！"

小四没打算理睬，方小明却不自觉停下脚步。

"几年级了？"他指小明问。

"初二。"

导演若有所思,仔细打量小明,要场务记下她的地址,一边嘴里咕哝:"这种戏就该找这种小女孩演嘛,三十几岁的老太婆,给她机会她还拿乔!"

他说过两天要找小明试镜。小四在一旁站傻了。

试镜?那岂不是要小明学刚刚那个肉弹吗?

小明的嘴角有一抹若隐若现的微笑,她为自己的美丽而骄傲。小四很不以为然,演电影有什么好?如果像刚刚那个女明星一样演,电影一播,不是都给人看光了吗?

6

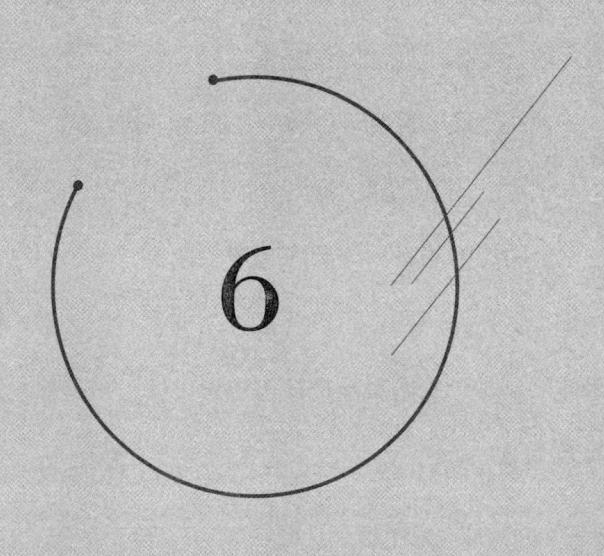

·····

第一次见面,两个人没什么深入交谈,不好意思问太多。

隔几天小四在植物园荷花池旁边看书,见方小明姗姗从另一头走来,小四想了很久,鼓足了勇气才叫出声音:"方小明——"

小明的小腿很直、很白,很像荷叶梗儿。她也迟疑了一下才走过来。

"喂——"

"干什么?"小明静静微笑着。

"你……你是不是哈尼的女朋友?"没想到自己问出的是这句话。张震自己也愣了一下。

小明没有回答。

"你……你真的要去试镜啊?"

见苗头不对,小四又换了句比较顺耳的。

"不知道耶。"小明笑开了,"说不定。听说演电影可以赚很多钱,有钱可以做很多事。你有没有事?走!我们去吃冰庆祝我有机会试镜。"

小四答应了,但是面有难色,他口袋里一毛钱也没有,这个月零用钱赔了飞机的棒球棍还不够,还是老哥张强慷慨解囊的。

一看小四的脸色,方小明就知道大概:"没关系,我也没钱,可是我有办法,跟我来。"

小明带他到附近的靶场。阿兵哥们正在打靶,枪声隆隆，一声接着一声，好像天地都在震动。

"当兵真的很过瘾吔。"小明说。

小四可不以为然。他听张爸说，伯伯就是在徐蚌会战中给打死的，却也没有反驳她。女生嘛，高兴怎么说就怎么说，反正轮不到挨子弹。

不久，枪弹声停了。方小明唤他："喂，跟我来。"

"干什么？"

"挖空弹头。"

靶场中央，有一些空弹头闪闪发着金光，好像一枚一枚星星掉在泥土里，还是热烫的。

"你怎么知道这里？"

"以前我家住在这边附近的眷村，"小明低着头找空弹壳，很认真的样子，"我爸现在还在外岛，在大胆岛当排长呢。"

"还要挖吗？"不一会儿小四埋头苦干了几分钟，

已经有了五个,"够换几碗冰吃?"

小明正要回答,一抬头,却看见不远的地方来了三个穿汗衫的小混混,暗叫一声:"不好了,是眷村的,我们走!"

两人正要转身离开,三个小鬼就欺上来了。其中有个光头的,推了小四一把:"泡我们的蜜斯也不打声招呼!"

小四还问:"为什么?"

"泡蜜斯,要买票的!"光头恶嘴恶脸的,像只要张口咬人的癞痢狗。小四这样无缘无故被人欺,很不甘心,也摆出山雨欲来的架势。

"走了,走了,不要理他嘛……"小明想把小四拉走。

小四本想真走开,忍口气算了。不料光头伸手一摆:"喂,手表拿来就放了你!是不是放在口袋里?"

"我没有手表。"小四冷冷地说。这句话是实话。

光头不信,把手伸进他口袋里要捞。小四趁他一个不及防,猛踢了他老二一记。光头一个踉跄跌在地上,痛得哎哟哎哟叫,爬不起来。

两个跟班见情势不妙,以为遇到狠角色,逃得没命似的。

"走吧。"

小明怕小四在光头身上补上几腿,多惹事反而不妙,用力抓着小四要走。小四却也没落井下石的意思。

"去哪里吃冰?"

走了一晌,两人默默没有说话,小四便先开了口。

"我回家去了。"

小明忽然加快了步子,踏出靶场外径自往对街走去。

"为什么?"他实在不懂哪儿惹她了。

后来小明告诉他,她不喜欢人家打架。她和眷村那些混混还做过邻居,一起长大的,难怪眷村的人要叫她"我们的蜜斯"。

那天,冰没吃成,他只得把空弹头留下来做纪念。

7

・・・・・

　二一七眷村帮的大本营在弹子房，小公园帮的基地在冰果室，两帮的恩恩怨怨一向少不了。

　二一七眷村帮这时还有山东当老大，小公园帮从哈尼逃亡以后，明里条子领军，但谁也不服谁。比如滑头，就很想当老大。条子到底不够狠辣，光从他平常会唱歌又爱唱歌这一项来看，就知道他这个人感情成分到底比理智多。

　两帮泾渭分明，少有往来。唯一能够在两边里头穿梭来去的是叶子，叶秋桐。因为叶子除了喜欢搞钱以外，不搞任何色彩。

小四的哥哥张强，是叶子初中时的同班同学。叶子也把生意脑筋动到木讷的张强身上，知道张强打弹子的技术不错，就把张强当赌具，他帮张强出点小资本。

要张强到眷村帮的弹子房去赌，赢了的话三七分账——他七，张强三。这个方法没让叶子蚀过本，叶子也就任张强跟人家越打越大起来。

弹子房里球艺最精的不是别人，就是山东的马子小神经。小神经留着一头远看很飘逸的及腰长发，脸蛋也秀气，可惜人长得高壮，说话比人更粗，动不动也大喊粗话，全然不让须眉。

和小神经对打，张强也能赢，那球艺真是高强了。小神经输球后虽然粗话不断，倒是挺心服。

叶子的服饰总和众人不相同。一般人不是穿制服就是套汗衫，叶子嘛天天西装，把个头梳得比抹猪油还亮。他不只想搞眷村帮的钱，连小公园帮他也要加一脚。不知怎么和条子搭上线，他就利用条子爱秀歌喉的弱点及长处，联合小公园帮的人在中山堂办了一场别开生面的演唱会，他负责宣传卖票，二一添作五。

叶子得了便宜还卖乖，还在筹划阶段他就到处招摇，要谁都知道他在两边都可以捞一票。

果然小公园帮平素不服条子的人就不满了。

滑头当然是反对者。知道这档事后，就在小公园帮周六晚上演唱会最高潮的时候，他带了五六个人，长驱直入内室，来势汹汹，这样自然打扰了忘情跳舞的男男女女，有些怕事的看苗头不对，脚底抹油就走了。

正在唱"Wooden Heart"的条子，脸色都变了，匆匆招手叫小猫王来接唱，气冲冲地往内室奔，一进去就指着滑头鼻子大骂:"我搞定的事你来搅和!你把我当什么东西啊?"

滑头可硬得很,因为中山堂的场地要借出来得靠他老爸的关系:"演唱会场地是我爸在管,你凭什么决定让叶子分那么多钱?"

"叶子是来帮忙的。"

"帮什么忙?你给他那么多好处,还不是因为他答应让你上台唱歌!"

"你什么意思?"

条子的弱点被抓住了,十分恼火,登时就要干上去了。两边看热闹的忙把条子架开。

见气氛火爆,滑头要本来跟在身边的小翠先出去。

小四正和飞机合力在搬一个喇叭。小翠一看到小四,表情就变得很怪异,好像有什么话含在嘴里要说,又很犹豫,好不容易叫出了声音:"喂,你是张震啊?"

小四抬起头，正好看见她一双在火红迷你裙外细长的腿，然后才见到她一张皱着眉头的脸。

"你在外面讲，那天晚上在实小看到我？说滑头是为了我在实小被堵？"

小四没想到这件事还没完没了，很觉委屈："我又没说是你，我没看清楚。反正是有个女生。"

小翠本来就有个翘下巴，这下更悬得老高。小四看她不太对劲，又加了句："喂，难道不是你吗？"

"哼，"小翠冷笑一声："是我，是我又怎么样？"头也不回地跑了。

"滑头因为那件事还觉得很没面子。"飞机悄悄对他说。

"又爱泡蜜斯，又怕人家讲。"小四搞不懂这关系。

内室里传来砰隆砰隆的声音，看来滑头的人马和条

子这边干起来了。

　　趁条子在内斗,台上的小猫王倒是很愉快地一首接一首唱猫王的歌。

8

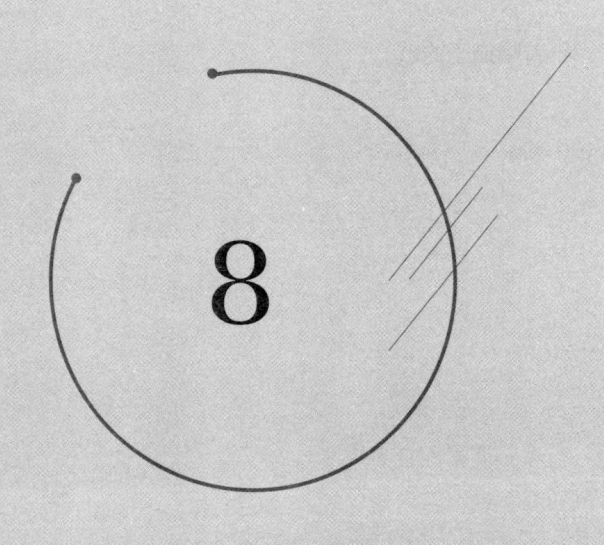

· · · · ·

滑头和刘名虎上课前在篮球场动手。

滑头挂着彩进教室,平日的耀武扬威全不见了。

小猫王说,活该滑头爱管闲事,去找刘名虎麻烦。

"什么闲事?"

上英文课了,两个人还在底下悄悄地说话。

"滑头找上小虎,问他,小明是谁的马子你知不知道?"

"为什么找上小虎?"

张震还不懂。

"你不知道啊？小虎在把小明，而小明是小公园帮老大哈尼的马子；老大一逃跑，马子就被搞走，下面的人当然觉得有辱门风。"

"哦。"小四忽然觉得很不高兴，脸色一沉。小明不会跟小虎那种人的，他不相信。

"滑头总算吃了苦头，嘻——"小猫王还津津有味地说着。

国文老师不只耳朵有点重听，眼睛又老花得严重，所以教室内尽管人声嘈杂，夫子他还是照常讲课。

小猫王还顾着哧哧笑，教室里却陡然静下来，显得他的笑声特别清晰。国文老师终于往他那儿望了一眼。

这时忽然传来一阵脚步声，睡着的人都醒了，原来是导师带新同学进来。

新同学一身制服光鲜整洁，看得出来是新裁的，还浆过，气宇轩昂，但脸上怎么看都有一股凛然不可侵犯似的肃杀之气。

"这是新转来我们班的马同学，马志新，以后大家要互相照顾。"

照惯例，大家很客套地鼓掌起哄。导师向国文老师赔了声打扰就走了。马志新依导师的意思拣了最后一排的空位坐下。

"看样子是混的……啊，我想到了，"小猫王最爱查探底细，"马志新——是上回在板中砍人的小马嘛，就是他！砍了人还能转到我们学校来！听说他老子是司令，果然不是盖的，砍了人还越转越高级！"

国文老师正在举例，说中国字博大渊深、有学问，是洋文比不上的，训示他们得好好学中文。

"比如'山'字，你们看，简单的三画，一、二、三，就写出来；英文嘛你们给我拼拼看，MOUNTAIN，这多麻烦！"

一转过头，特别注意到小猫王，发现他又在窃窃私语，毫不客气地点他的名："喂，王同学，你对这个问题是不是有什么见解啊？站起来，说给大家听听。"

国文老师少说五十岁了，非常要求尊师重道，不发现毛病则已，一发现有人不够礼貌，就叫人罚站。

小猫王一脸无辜地站了起来，亏他还能灵机一动："老师这么讲，也不尽然呀，那这个'我'字怎么办？I，I，I呀，多简单。"

全班同学哄堂大笑，小猫王耍宝成功，得意非凡。

"你嫌'我'字麻烦，I就简单？好，给我上黑板前来罚写'我'一百遍，让你知道'我'的妙用——"

给小鬼消遣，是可忍孰不可忍？国文老师当然不会放弃整小猫王的机会。

小四心里惦记着小猫王刚下说的话，也无心听课下去，脑海里全是小明的影子。

他只看过小明在篮球场上和刘名虎玩抢球。当时他是觉得一个女孩子这样蛮大胆的，可是后来想想，玩玩嘛，小明也没有错。

小四可不相信小明和刘名虎那种痞子会有什么瓜葛。

可是又有新的想法涌进来：自己或者应该离小明远一点，小明惹的麻烦够多了。红颜是不是非得当祸水不可？

好不容易等到放学。他到车棚里牵出脚踏车，不想马上回家，就和小猫王在牯岭街上荡来荡去。小猫王旧习难改，又沿着旧书摊一家一家问："有没有小本的？"

他不好意思靠小猫王太近，只得远远站着等。站着站着就发了呆。

"小四——"

一个细嫩的声音把他从一片混沌中拉拔出来。是小明。

小四本打算装作没听见。小明却横过街来叫住他。

"你没听见我在叫你啊?"

他还装:"没有啊。"

两人尴尬地欲言又止。

还是小明开了口:"他们叫我明天去试镜,你来不来?"

"可以啊。"

这话难免言不由衷。他才不信那导演没打什么坏主意。小明灵敏,马上窥知他心里有事。

"你怎么了?"

"没有啊。"

"走,我们到别处讲好不好?"

他的人和他的车,好像被一种引力拉住了似的,陪她移动,没等小猫王,便和小明悄悄走出了牯岭街的昏黄灯影和人群。走到了片厂。

片厂空无一人，想是收工了，一片黑暗，只有从通风口洒下一片惨蓝色的月光。

偌大片厂只有他和小明。

"你今天怎么怪怪的？"

小四本来不想解释。但小明一双清澈的眼睛，好像急于看透他内里的灵魂一样。他还是问了："你现在还算不算是哈尼的女朋友？"

"你见过哈尼吗？"小明反问他。

小四摇头："可是……我听过他一些事。"

小明好一晌没说话。他忍不住用眼角的余光去瞄她的脸，感觉到她好像在笑，在回忆中微笑。

她用一种很轻柔又很忧伤的声音说起过去，可是她在笑。

她说起父亲在外岛，很少回来，自己和母亲相依为命，寄人篱下；也说起母亲的气喘，常在半夜发作，普通的药已经没效了，又没钱能够让母亲好好看医生。

也没打算掩藏和哈尼的事情。像她这么一个在忧患里早熟的女孩子，其实知道，怎么说哈尼都会叫张震激动不已。可是她还是说了，那是她目前拥有的最灿烂的历史。哈尼和二一七眷村的老大决斗，确实是为了她。她说杀人那天哈尼喝醉了，可是他没让任何人知道，当天晚上有一场拼命的游戏。

"其实被杀的如果是他，我也不会惊讶。"

小四是听得目瞪口呆，他不知道这个清秀漂亮的女孩子拥有的到底是怎样一个世界。小明没管他的反应，径自说下去了："我从来没有像那天晚上那么爱他。他就那样孤单地离开我，孤单地走掉，走过大水沟，走过学校围墙，一个人去赴他的约会。那个时候我才明白……"小明掉进回忆里，"……原先，我一直以为自己喜欢的是他的威风和帅劲。那个时候我才发现,我爱的是他的孤单……你知道吗?他随时准备为我去死……"

通风口的月光静静在地面上挪移。有一颗泪迅速地从小明的脸上落下来,小四看得好清楚。什么是爱?那个时候他正在想这个问题。

他第一次想到爱不爱这个问题。

小明又问他,明天试镜,他来不来?

小四又点了头。但终究,没有心情去。

9

·····

　　心情不好的时候，什么倒霉事都一起找上门来。

　　数学月考考试，滑头又抢了小四隔壁小猫王的位子，非要抄他的卷子不可。凭小四以肘当墙怎么挡，他那双贼眼还是大无畏地扫射过来。

　　滑头视力恐怕比小猫王还好，否则不会在重重阻碍中还抄得一字不漏，连错误都一模一样。

　　发数学考卷这一天，两个人都给唤到教务处去了。

　　数学老师一个式子一个式子比给教务主任看："看到了

没有？你看，两个人错得一个字儿不差。"

小四和滑头在一旁陪着站。滑头反正是认栽了，知道自己做了贼，赃物被起，再狡辩也没用，很是垂头丧气。

小四不服气，显得气定神闲，两眼直瞧天花板。

"你们两个为什么要作弊？"

教务主任凌厉的眼光扫过来，看看小四，又看看滑头。

"我又没给他抄。"小四不想多做解释，他又没错。

"那怎么会错得一样呢？"

他不会偷看啊？关我什么事？小四心中暗笑一声，不驯愈写在脸上："是他要抄我的，我又没给他抄！"

"还强辩！"

教务主任很坚持己见，两个人错的一样就是两个人都有份。

见小四不吭声，眉头纠结着一股隐隐的凶气，教务主任又加一句："你敢对老师顶嘴？我就送你到训导处加记一小过！"

小四也火了："为什么要记过？我又没犯错！"

训导主任这时没事儿晃进来，见又是小四和滑头，破口就骂："又是你们两个不良少年，敢对老师这样讲话？什么都别说了，叫你们家长来！"

叫家长来，可是火烧到家里去了。滑头和小四的父亲都是公务员，自信榜样立得好，很难相信自己儿子会作弊。滑头的父亲爱面子，看儿子这个大过再记下去，恐怕也得走路，自动办了退学。

小四硬着头皮请自己父亲到学校来。张道义听完小四的理由，觉得自己儿子一点错也没有，义愤填膺，当下表明："怕什么怕！我就到学校去，讨他一个公道！他要记你过？简直不分是非曲直！"

本来小四也不怕。但看自己父亲为这事气得青筋暴现，反而有点莫名的担心。以张道义那种个性，怕不跟训导主任大吵才怪。

果然,第二天下班,张道义就在训导处和训导主任争得面红耳赤,不肯罢休:"你们怎么可以这样办教育!这样是官逼民反嘛!我把孩子交给你们,是希望你们教他怎样做个光明正大的人。今天他如果有错,你们处罚他,我不会说半句话!这次他明明是被同学欺负了,你们不但不查个明白,还他公道,还要记他过,这太不公平了!"

训导主任起先还维持着不愠不火、慢条斯理的语调:"你儿子已经够幸运了!另外一个,已经退了学。"

张道义对这种回答无法表示满意,两只手往办公桌上一撑,个儿就比训导主任高上一尺:"这是什么话?那个学生是因为前科累累,记过太多才被退学的!你们这些教育官僚,拿这种理由来叫我心服?开玩笑!误人子弟,教坏国家未来的主人翁!"

"主人翁?"训导主任也火得尖酸刻薄起来,"你这个当父亲的还好意思说？你以为你儿子是什么好东西？你问他，他有没有给我逮过？"训导主任还记得那支被没收的棒球棍。

"那跟这件事有什么关系？"张道义大学时念的是哲学，最怕人家没有逻辑概念，"我没见过你这么强词夺理的人！"

吵着吵着，连桌子也拍了。张道义还差点儿把盛着热茶的磁杯给扔到训导主任油亮的秃头上，两人之间理性速减，怒火递升，再也不可能讲什么道理。

张道义索性不说了："要记过就记过！记个过也不会少块肉！给你们这种官僚记过，还是我这个做老子的光荣！"

早有人走告小四，他爸爸到学校来了。小四便偷偷在训导处门外贴着墙听，这一幕他也都看到了。张道义怒气冲冲夺门而出时，他知道自己记过已成定局，有些气馁，却没怪父亲。父亲没错时跟他一样，决不肯低声下气。

张道义冲出去牵铁马，小四也尾随了去。父子俩相看一眼，默默各自牵了车走出校门。平行走着，脚踏车轴同样发出嘶嘶咔咔的响声，天色就在细碎的杂音中渐次黯淡下来。

推车推了好久，张道义才清清喉咙说了句话："没关系，你没错。"除了安慰小四外，一半自然也是安慰自己，你也没错。

小四没说话。他很少跟自己的父亲单独走这么近，这么久，这么同仇敌忾。路灯一盏一盏打在自己父亲脸上，刹那光明，刹那阴暗，他在忽明忽暗中悄悄探看父亲，看见父亲的表情像个朋友，和他承担一切错。张道义走着走着说起大道理来："读书嘛，其实就是要去领悟真理，然后勇敢地相信它，照着它做人做事。嗯……我希望这件事对你反而是个鼓励。"

说完了训诲的话,张道义忍不住要掏烟抽。他这烟瘾少说有十多年了,生活担子越重,越发抽得凶悍。有钱时抽长寿,没钱抽新乐园。他不是个重享受的人,现实生活也不容他有什么口腹之欲,十多年来富或贫的代号,对他而言只是长寿或新乐园。

走过胖叔的杂货店,张道义要小四同他一起去买一包烟。拿了烟,还特意问小四,有没有想吃什么?转眼看见胖叔那个考了几年大学还是榜上无名的女儿又在看书,随口问:"在读什么书?"

胖叔女儿一点也不像胖叔。人瘦得一把骨头,长年顾着店难得见着阳光,皮肤白得像剥了皮的竹笋。不太笑,可是人却十分殷勤,不像胖叔,长一张嘴就是用来吆喝的。

胖叔女儿大概会错了张道义的意思,惭愧低头:"在念补习班。"

张道义一愣，只得解说自己全没讥笑的意思："我是说……那本书……好像很厚……"

这话越描越黑了。胖叔从后面接腔，尖酸刻薄："她书念得没你女儿好，大家知道嘛，何必这样说。"

"我没这个意思，你何必多心。"张道义面无表情。他可没好脾气陪着胖叔消磨。

胖叔变本加厉："我想你也不会有什么意思，书读得好又怎样？我们家女儿虽然念不好书，却不会在外面乱交男朋友，手牵手的。"

张道义明白胖叔是酸葡萄心理，暗骂自己大女儿张娟，这口鸟气还是很难吞忍下来："你这样就不对了，大家好好做邻居，何必说这些话来离间感情……"

"就是因为是邻居，我才好心告诉你这些。现代的小孩不比我们，花样可多呢，交男朋友，混小太保……哟，我看你这老四，虽然是读建中，也还是夜校，很惹麻烦吧！"胖叔似乎把张家的闲事都管尽了。张道义刚才受的窝囊气还没散尽，眼看就要一股脑儿贯注在胖叔身上，这时亏有胖叔太太出来招呼，缓和了一点气氛。

父子俩回了家，在餐桌上又挨张妈妈一顿说法："记过总是个污点，以后转学、升学都麻烦；人家谈事情嘛，是大事化小、小事化无，你一去谈就记大过回来！"她对张爸的做法表示强烈的不满，整个家笼罩在低气压里。

张强看父母正为弟弟伤脑筋，没自己的事，说是要到同学家借书，一溜烟人不见了。

他这个人憨直简单无大志，除了拿球撞球以外，似乎发展不出什么兴趣。叶子又约他在弹子房好好捞一票，他非去不可。

10

······

小明试完镜后，兴冲冲地等了几天消息。原以为导演对她的表演很满意，赞美她"能哭就哭，能笑就笑"的，可不知道为了什么，隔了几天，还没有人来通知她行或不行。

她确实有点沮丧。

可是她的处境没给她耽于沮丧的时间。

半夜里母亲气喘病发作，比寻常又严重一些，从喉咙呕出的声音，好像断水时水龙头唏哩咕噜的呜咽，好像有东西哽着，吞不进去，也吐不出来，半个身子坐起，像僵尸似的挺立。方小明是习惯母亲的气喘了，但情况这么特殊的还不多。

想想没办法了，只得再敲高太太房门。

高太太无奈地应了声，似乎早已猜中缘由。拖了半个小时，穿得端端整整地出来，叫小明唤巷口三轮车来载。这种事情对她说来也不是第一次，小明母亲在她家里帮了三个月，每个月总会出几次状况，平常那气喘的声音在暗夜听来也像抽水马达咆哮转动，只有频率和声量的差异而已。

高太太的人算是很和善了，当初看小明母女俩可怜，让她们一起住了进来。没想到小明母亲这毛病，一天比一天坏，家事没帮上什么，反而多了一项累赘。

光医药费的欠资，就是小明母亲三个月的薪水。

招来三轮车，大雨里火速往校医在南昌街开的祖传医院奔。诊断出来了，医生又叫病人少操劳、少做事。

就和小明母亲方太太从前的每一个雇主一样，同情归同情，耐心总有个限度，谁消受得了用人变成病人？久病床前无孝子，何况非亲非故。

这一次高太太委婉地下了逐客令，说是远房表亲有人要来家里帮忙，请小明和母亲避让。

方太太自己知道，怨天尤人没用，祸根子毕竟出在自己的身体上。可是在台湾，她一个妇人家，也是够凄惨，这依亲念头只得动回小明的眷村表舅身上。表舅向来欺她们孤女寡母，不肯给好脸色，但毕竟也没别的路了。

表舅是个三轮车夫，一个不识字的大老粗。在台湾退役后讨了个黄花大闺女当老婆，生了一窝孩子，孩子全没问题，可惜妻子是哑巴。一家人挤十来平方米的克难房子，鸡呀鸭呀又都养在屋里头，在门前三尺就可以闻到屎尿横流的气息。

"真不知道你表舅会给什么脸色看？"

方太太边收拾细软边念叨。每回被雇主辞了，就回表舅家，表舅家人也习惯了冷眼旁观。

人到了一筹莫展的地步，再有骨气都得学会死皮赖脸。方太太带小明怯生生穿堂而入，表舅哼了一声，说了几句刻薄话，方太太就耍起泼辣来，又提起从前表舅欠小明爸爸的人情。

"我们回来住，还不是帮你干活，你用不着对我嚷嚷——做人也要懂得感恩图报……你的三轮车还不是小明爸爸的长官帮忙张罗来的！"

表舅自忖三轮车欠下的情，在数年来帮忙将小明母亲送急诊时，老早踩掉了。"又提这个！这个人情要欠到我死啊？好像我上辈子欠你们，要养你们一辈子……"

方太太倒也坚毅，她就在小明表舅不断的咕哝与埋怨中，赶鸡赶鸭洗地，清出房子的一角安顿。

小明于是又搬回了眷村。自从和哈尼在一起，眷村帮的人已经不爽她很久了。环境所迫，她又回到从来生长的地方，面对一层一层复杂的人网和凶险，她也不愿意，但没有选择。

11

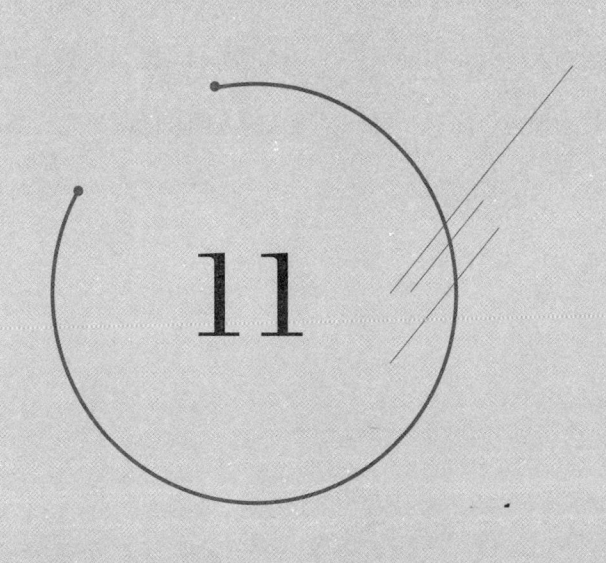

·····

敲杆张强固然是高手,但也不是没有失手过。

那一个晚上,欠二一七眷村帮的钱,已经累积上千。张强当然没有钱还,一张脸给二一七眷村帮的护法卡五狠狠压进盆里,喝了二一七眷村帮老大山东的洗脸水。

张强这个张家老二,性子软,人也憨直,吃了亏,一言不发又不敢走,于是只得静伫一旁看叶子继他之后被逼债的好戏。大家都知道,叶子和他是七三分账的,也只有找叶子才逼得出银子来。

"赢了你就拿，输了不肯给，今天还挡不出锵来，看我们怎样扁你！"

卡五是狠角色，凶神恶煞写在脸上。叶子知道向卡五说什么都于事无补，转而向老大山东求援："我手头真的很紧，真的，山东，我又不是不守信用的人。"

山东咧嘴傻傻一笑，目光利落精明："可是……听说你现在票卖得很不错？"

叶子还在发愣，卡五又补上一句挑明："没钱给我们，你还去跟小公园帮办演唱会？有好吃的你都跟别人分哪！"

"我也没办法，"叶子凡事都有他的理由，"中山堂场地一向是小公园帮的地盘，滑头他老爸又是管中山堂的，不跟他合作也搞不定。"

"我搞得定。"山东很有把握地说，"你去把小公园帮的滑头叫出来谈一谈。"

"你们两家深仇大恨,谈……谈不拢吧……"叶子最怕和两帮之间有纠葛,反正两派对他而言都只是"利益团体",万一偷鸡不着,就会搞得自己像蝙蝠一样——鸟不是鸟,兽不是兽。

"这样啦,如果你搞得定,这个钱我不跟你要了。"

山东到底精明在内。叶子算盘一打,笃定这生意做得,马上见风转舵:"是啊,有锣大家削嘛……"

滑头这家伙从被退学以后,成天在街上闲晃。他爸爸不是不管他,是管不了,给他气得差点中风,索性放了他去,反正滑头上面还有两个哥哥,家风有人承继。老子不给他零用钱花,滑头就到处问人家要一点。

叶子抓住了滑头不服小公园帮条子当老大的弱点,也知道滑头的日子最近无聊兼没钱,一看到滑头就骗他进电影院。山东已经在里头等他,叶子见机不可失,马上唾沫横飞纵论天下大势。

"小公园帮最近不太好混吧？我看你们老大哈尼都不晓得死到哪里去，撇下你们不管，还让他老弟这种花货作威作福……"叶子说。

"这关你屁事？"滑头起初极不友善，但有山东和卡五两个凶神在，还卖一点面子。

叶子说明这"鸿门宴"的来源："本来跟小公园帮合作的演唱会，现在跟他们合伙了……"

"那我不参加。"

滑头立即表态。出卖自己人可是忌讳，比退学还严重，迟早会被扁得体无完肤。

"你先别意气用事，大家四海之内皆兄弟嘛。中山堂反正是你老爸管的，你跟二一七眷村帮好好合作，好处赚不完……"叶子递过了烟。

滑头本来还在硬撑，坚持他这不出卖哥儿们的原则，但山东一句话，就让他意志尽消。

"你好像有点女朋友的麻烦?"

"小翠,怎么了?"

他心里是懂了,冷然一惊,只是脸上还在装蒜。那婊子!这种话可以乱说,想害得他死无葬身之地!

"怎么会是小翠呢?"

山东吐了个烟圈。

滑头闷不吭声,仿佛真是把柄被抓到了。

"有问题我可以帮你解决。那马子最近又勾搭上另一个啰?叫什么?小虎——刘名——虎,对不对?"

"老大您神机妙算,神机妙算,"叶子见事情大有转机,连忙又插进话来,告诫滑头,"咱们山东是想得开的人,虽然你曾经是小公园帮的,但是山东绝不会计前嫌。哈尼杀了他们眷村帮老大的事,只能怪他们老大运气不好,跟你绝对没瓜葛的。现在大家是朋友了,很多事可以一起搞,他们有好处,你就有好处……"

这个鸿门宴当然不是为看电影来的,几个人坐在最后排你一句我一句,自然引起前排的一对情侣不满,屡屡回头发出啧啧不耐的声音。叶子嗓门一大,男的忍不住嘘出声来。

山东有礼貌地欠了身:"对不起,对不起……"满嘴抱歉,一双柳叶刀似的小眼睛却侧过来瞄卡五。卡五会意,隔了几秒钟,向前座轻轻拍拍男的的肩膀:"先生,外找。"

那男的不疑有他,也不知闯了祸,往外走去,才到门口就被卡五推到几个埋伏好的眷村混混手里。几个人欺一个,拳打脚踢,痛扁了一顿。

这情形滑头全看在眼里,不免心头发凉。今天若谈不成,剩半条命的恐怕是自己。

12

·····

英文课，小猫王又把英文老师糗了一顿。

国文老师总说中国文化博大精深，是西方国家比不上的。英文老师则坚持外国人还是进步了一点："英文里的性别，你们要搞得很清楚。是男的就是男的，女的就是女的，不要弄得不男不女，像中国人这样马虎：英文中，一个'他'，就有三种写法，He，She，It……"

小猫王在下头和小四说悄悄话，要小四请大姊翻译猫王唱片到底讲什么。英文老师以为他又有意见，点了小猫王的名,问他:"王大立,你有什么问题,站起来说!"

"我……"

看黑板上写着几个斗大的"他",小猫王脑中又立即灵光闪烁,问英文老师:"那如果我问,'他'是男的是女的,要用哪一个他啊?"

英文老师沉默了一会儿,似乎被考倒了。本来不太用心、各做各的事的同班同学,异口同声笑了出来。

"真拿你没办法。"

虽然知道小猫王有心出难题,英文老师也只有无奈地笑一笑。论风度,他确实比国文老师多几分"尖头鳗"的修为。

下课后大家收拾书包,刘名虎第一个要冲出去,但一出教室门口,远远瞥见什么,马上缩了回来,从另外一面夺窗而出。

没多久就见眷村帮的卡五怒气冲冲地挡住了教室大门，一脸挑衅模样："哪一个是小虎，给我站出来！"

小虎早已逃得不知去向。眷村帮的光头也在，搜寻一下，只见小四长得似曾相识，再一想，记得小四曾在打靶场狠狠踢过他，一口咬定："一定是他！"

不等小四解释，一伙人连拖带拉把他揪到校园暗处。

小猫王大喊："不是他！"但哪有人肯信。眼见情况不妙了，他和飞机对看一眼，开始砸椅子当武器——课桌椅拆下来的木条上还卡着铁钉，厉害得很。

慌忙焦乱的时候，只有新转来的马志新，气定神闲地走出教室，唤住前头眷村帮的："喂，你们是混哪里的？"

好大口气。卡五不禁回过头看看，盯住马志新打量一会儿，看他衣衫笔挺、长相斯文，有了轻蔑之心："你不想活了你。"

马志新胸有成竹,倒也不怕,叫道:"要找麻烦,也不打听一下这是谁的地盘!"

"混哪里的?"卡五没见过他,却隐约明白,这人来头不小。对峙一晌,才有人贴近卡五的耳朵:"他是小马。马司令的儿子。"

"你们一票人,还带货,堵一个空手的,太难看了吧。"小马出言相讥。多堵一个人,对眷村帮来说是小事,但若扯上马司令,那倒霉的可是他们那些终身军职的爸爸、伯伯、叔叔,搞不好要好多条命赔他一命。卡五一想,算了,一群人慢慢散去,留下小四。

"谢了。"

小四低声对小马说。怎么惹上这群毒虫,他自己还一头雾水,只以为是靶场的事。可是他们一进来时找的是小虎。

"哎呀,我以为你是好学生。"

小马不太在意地淡淡一笑。他的眼睛很深邃，长相清朗，看到小四那种文静的样子，以为找到外柔内刚的同类英豪。

等眷村帮的所有人影消失在墨团团的夜色中以后，小猫王和飞机才拿着拆下来的椅子脚冲出来喊杀，当然早就找不到敌军了。小马没见过人家拿这种东西当武器，十分诧异："你们用这个东西打人？"

"来救你们的！"小猫王煞有介事。

"混哪儿的？"

"小公园啦。"小猫王报出派别。

"他呢？"小马指着小四。

"他不混，他是好学生。"

这句话，小猫王不知道替小四答过多少次了。

为了开示小猫王这些"井底之蛙"，小马决定带他们到家里看那把三尺长的武士刀，他在板中砍人的那一把。

13

▄▄▄▄▄

张娟要参加舞会时,想向母亲借手表,才发现放在母亲首饰盒里的手表不翼而飞。早上看还在,一定有蹊跷,她决定在母亲大惊小怪前查个水落石出。

她先问小四,小四浑然不知。张强听到她在客厅大发脾气,才出来招认:"大姊,是我拿的。"

张强偷偷把母亲的手表当了四百块钱,还弹子房的赌债。原本说好赢了的话叶子和他七三分账,后来输得奇惨,叶子立刻推翻"输了他负责"的说法,要张强自已缴清欠资。

张强没法子,只好出此下策。反正迟早会被发现,用不着说谎。

大姊气极了,又不能坐视不管,只好把自己的储蓄掏出来了事。

小四只觉得哥哥最近有点奇怪,常常很晚才回家,原来是和眷村帮的人有了瓜葛。他也没问哥哥缘由,他不信张强会混帮派。

自从到靶场拣弹壳和在牯岭街不经意碰见小明那一次后,隔了许多日子,这天他才在医务室再遇到小明。小明问他,要不要跟着去冰店?小猫王和飞机都在冰店里。

"小猫王叫我今天下午一定要到冰店,神秘兮兮的,好像有什么事情。"

或许小公园帮真卯上了什么事。这天小猫王和飞机都没上学,很有默契地不告而缺席。

"你去不去?"

"我去。"小四点点头。

"不怕我给惹上倒霉的事?听说昨天眷村的人去教室找你?"小明笑着逗他。

"我们又没怎样,有什么好怕的。"

小四不知不觉也承传了父亲"行得正坐得直,牛头马面的面子都不卖"的脾性。

他用铁马载小明到小公园冰果室。冰果室里空无一人,连服务生阿美都不在。两个人相对无言,很尴尬地静坐着。

然后小明就在冰果室里玩唱片。放猫王的音乐,吵得很,电吉他的强烈节奏强迫式地塞满冰店的每一个角落。

一曲放完的空档,冰果室的后门咿呀推开了,几个小公园帮的人涌进来。滑头、小猫王、飞机都夹在里头。有个戴水兵帽、穿大喇叭裤的人很面生。

"你来做什么?"

小猫王一瞧见他,脸上不太对劲。

"没什么,看看你怎么不上学?"猫王的歌声又短暂响起,没两秒钟就被人拿开唱针。

小明这时看到了那个戴水兵帽的人,好像很讶异。呆了半晌,起身走到那人跟前。

"是哈尼。"小猫王说。

"你走吧,这儿没你的事……"

小猫王话未说完,滑头就带了三四个兄弟把小四围住,挑衅似的问他:"你来干什么?"

小四恨他那种吃人似的颐指气使:"这店是你家开的,不能来啊?"

"好多天不见,好像比以前带种嘛……咦?听说你们最近很甜蜜？"滑头仗着兄弟多，故意讥嘲他。

"'你们'是指谁呀？"

小猫王见气氛火爆，企图打圆场："他是来找我的，没他的事……"

小猫王个儿小，一下子就被推到人墙外。滑头不理，眉头一挑骂开了："带种的就不要赖，你知道我说谁！"

小明不知和哈尼说了些什么，抽抽噎噎地哭着跑出去了。小四想跟，被滑头几个兄弟架起来。滑头像拍面团似的拍着小四的脸颊："哟，你很狂哟，什么地方学来的！老子今天好好给你上两堂课。"

"呸。"小四挣不开，一脸气愤，又无可奈何。小猫王又挤进来："大家好兄弟，何必这样。"

原本站在远处静观、不动声色的哈尼，终于在此时开了口，走了过来："这种烂饭你也要吃！"骂的是滑头。

"我可是在替你管事，小明是你马子，是吧！这小子……"

哈尼很不高兴，目光森森寒寒，像两把刀子在替他开路。滑头终于识相地让到一边。

"好啊，你回来，你摆平。"

哈尼走起路来是很有气魄的大八字，唤小四与他离开了几步："喂，过来一下。"

没人敢在这时吭声，全屏着气看好戏。

"我看你不是混的？"他对小四说。

"我是来找小猫王的。"小四讷讷回答。

"快走吧，这儿没你的事。"哈尼冷冷地说。

小四转身快步走了，他今天又不是来惹麻烦的，不晓得近来怎么跟磁铁吸铁钉一样，麻烦全自动附上来。

小四走后，滑头的不服指挥也更白热化了。滑头要求小公园帮跟眷村帮那边和解，说是哥儿们共同的意思，"眷村那边，老实说只是你的私人恩怨，既然他们主动和解，和他们办演唱会有何不可？"

说完，也没问哈尼的意思，带着一票兄弟走了。冰果室里只剩几个年纪小的哥儿们。哈尼的弟弟条子开了口："这摆明了要造反嘛！"

哈尼冷笑着，对自己的弟弟说："这家伙当初想出来混的时候天天跪着求我带他，我两三天不见，他就这副德性。那时还是你求我带他的。"

条子被老哥消遣，没有说话。

"我不在，我看你是搞不过他的！他要比你狠！"哈尼的笑声越来越凄微，好像胡琴拉呀拉，拉得一根弦要断不断，"我们就让他们的演唱会热闹热闹……"

小四后来又跟小猫王他们见了一次哈尼。有几个台客跟哈尼在一起，看来是哥儿们交情。

他不信哈尼是能狠得下心砍人的人。哈尼比他老弟条子长得儒雅多了，个头也不高，但凛凛然有一种气势，叫人很想把他当大哥。

他要跟小猫王一群人离开时，哈尼还用手势留下他，叫他等一下。

剩下两个人静坐。哈尼好久好久才说话："小明那天跟我说，她很喜欢你。"

小四一愣。小明不是哈尼的女朋友吗？面对着哈尼，他咬着手指，说不出话来。

"其实那天在冰店里，我一眼就看得出来——"

"不……"小四解释着，"她其实一直在等你回来。"

哈尼好像没听到小四说什么，眼睛看着窗外，突兀地接上了另一个话题。他说自己在台南逃亡的日子，无聊得紧，天天窝在屋里看小说，可是现在只记得有一本叫《战争与和平》。

"我还真想写本小说咧！只可惜我书读得不够多。"

小四看他顽皮地笑着，觉得哈尼和从前传说中的大不相同。

　　哈尼其实也只是像他一样的一个少年,人又坚强又脆弱,心又孤绝又遥远。

14

······

演唱会办得热闹非常。

叶子炒钱的眼光果然是一流的。当晚中山堂内外张灯结彩、灯火通明,全台北市最耍帅的太保、太妹都躬逢其盛,里里外外挤得水泄不通,据说黄牛票还卖了两倍价呢。

眼看自己大力促成的"端正礼俗青少年演唱会"如此受到欢迎,叶子的得意都写在脸上。他陪着少年组组长在场内场外晃来晃去,意气风发。

滑头和卡五一帮人在场外充当临时护卫，怕有人来惹是生非，主要对象还是哈尼。

演唱会开始，少年组组长训话，唱国歌，都是少不了的排头。这一群混混为了不扫兴也不得不乖乖站好。

开始十分钟，哈尼现身了。一个人。卡五他们没料到哈尼敢单枪匹马前来，都愣住了，怕他还结合三环帮和东门帮的熟人埋伏，一时僵住。

哈尼到了门口，想再往里头走。卡五想了想还是把他拦了下来，要票。

哈尼耍起威风来："在我的地盘上开演唱会也不打声招呼，还敢跟我要票？"哈尼顺手把跟着卡五的喽啰嘴上的烟夺过，扔在地上，"跟我讲话，没有人准抽烟！"跟着卡五的小鬼也叫他的咄咄逼人给震慑住了。

这时已有人通报了山东。山东脸色一变，立即赶出场外。看到哈尼，一脸笑容立即堆了出来，客气得不得了：

"贵客，贵客，进来听听歌嘛——"

哈尼见他如此笑容可掬，也甚觉意外，却不信山东会怀什么好心眼："少来这一套，有本事就别在这里装孙子！"

山东强忍住气："好日子大家高高兴兴，不然不好看嘛！人这么多，少年组的还在里头。"恫吓意味也蛮明显了。

"我们到别的地方谈谈嘛。"

哈尼也不想存心搞砸，不过想给眷村的一点颜色，否则闹开了，他单枪匹马打不过众人，自己也不好看。一笑，跟着山东往暗处走，卡五、光头远远地跟在山东后头，怕老大又吃了哈尼的亏。

山东阴着一张脸，不知在盘算什么。跟哈尼走了一段路，半句话也没吭，哈尼感到不耐烦："有种就亮出来瞧瞧，不要瞎混时间！"

"你冲什么冲,别以为我不敢动你!"

山东也耍起狠,但知哈尼狠起来是出柙猛虎,心里也一阵怕。

走在路树阴影拂动的街道上,夜色像弄翻了的墨水,整瓶倾倒在街心,四周都是说不出的黑。远方灯光乍现,原来是辆公交车快速驶来,车头两只眼睛亮晃晃刺进人的眼睛。

山东心一横,拍拍哈尼的肩:"小心!"

就在公交车驶来的那一瞬间,山东把哈尼往前一推……

公交车没有来得及刹车。

15

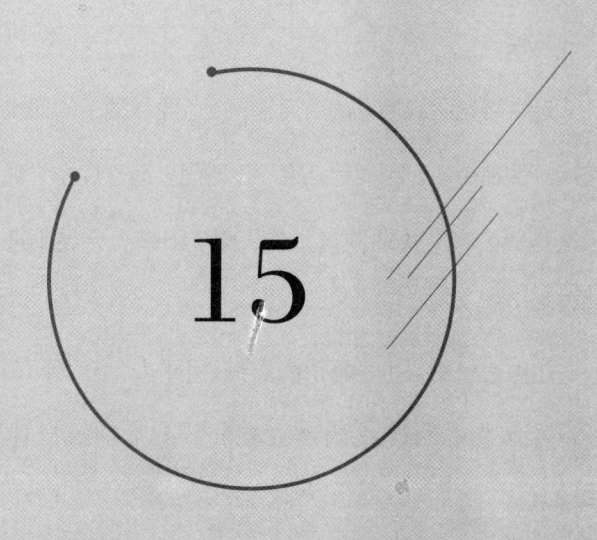

●●●●●

当天夜里，小明就知道了哈尼死了的消息。她正在帮母亲缝鞋，赚一双两毛钱的工资。山东的女人小神经跑来告诉她，哈尼给车撞了，是意外。

接下来小明病了好几天，高烧不退。小明母亲没办法，只能猛灌她喝水。她就这样在充满屎尿臭气的表舅家里，昏昏然度过好几个二十四小时。

说心里不难过是骗人的。她似乎宁愿自己的烧退不了，人不清醒时总是快乐些。

报纸上说哈尼是通缉犯，意外车祸身亡，轻描淡写，似乎隐隐意味着他这是因果报应。

小猫王、飞机对哈尼独自赴演唱会的事极不理解，觉得他要去也该多带几个人。小马言之凿凿，说哈尼死前是跟山东在一起的，他有看到。

小四总觉得哈尼就是去找死的。那一天，哈尼对他调皮一笑，透着诡异。哈尼或者看透了。

他只见过哈尼两面，对哈尼却有说不出的亲切感。

哈尼死后五天，小明才来上学。小四很担心，这天上课前忽然无意间看小明背着书包从操场走过，追过去问："喂，找你好几天，你都没有来上课。你生病了？"

小明的脸色苍白，一张单薄的脸又削薄了一圈，眼眶还泛着紫气，一看就知道是病得不轻。

小明没有答他的话，直接说起哈尼的事。

"我以为他回南部了。他离开的时候还留了南部地址给我，叫我到南部看他……没想到，他一个人到演唱会去，又是一个人……"

她的声音几乎被旁边军乐队的喇叭声淹没了。

"你不要太难过。"小四只能这么说。

"很奇怪，这几天我生病……竟然都忘了，想不起哈尼长什么样子……"

小四实在没有安慰别人的经验，不知如何应答。虽然心里头有好多话要说，心中的话却像休火山里的岩浆一样，腾腾滚滚，就是喷涌不出来。眼看小明渐渐走远，他才鼓起勇气叫住了她，叫了三声，小明才听见。

军乐声隆隆响，小四只好大叫："你不要害怕，我会一直陪你，保护你，不要害怕，好吗？"

演奏忽然停止，他的声音变得奇大，小四自己听着听着一时也怔住了。

小明摇头，又摇头，凄凄对他一笑，转身走进教室。

小四相信自己有力量护卫她,尽管他从来不知道,小明会有什么困难。其实他对她的辛酸,隔着一层毛玻璃,看不见真实的影像。

第一堂的篮球课,小四就为小明结下梁子。

他们班和小明班共享一个篮球场,各据半场投篮。小明精神不好,一个人窝在篮球架下休息。小四班上的刘名虎,故意拿球朝小明扔去,以为小明会像从前一样跟他玩抢球,没想到碰了个钉子,小明理也不理,手一挥把球打走了。

刘名虎自讨没趣,拣了球回来打。平常跟刘名虎拜把的,就调侃刘名虎:"喂,你们本来不是处得好好的吗?"

看小虎闷着气没讲话,又加上一句:"反正现在哈尼翘了,大家都可以上,你是没啥指望了。"

小虎一肚子气地回了嘴:"哈尼算什么?他不翘我也上!"

这话说得大声，小四听见了，浑身不舒服，球也打不下去。小虎看见他脸色变了，给他一句："你不服气？"

小四终于忍不住，趁小虎不注意，拿起手上的球，就往小虎头上砸。小虎的脑袋瓜儿冷不防吃了一记，正想反击，体育老师刚好吹哨集合，小虎只好作罢。

放学后，小虎带了三四个人，在校门口附近排成一列围堵他。小四寡不敌众，被打得鼻青脸肿。

家中，父母两人正和父亲的老友汪狗讨论得热烈。他低着头溜进房间，才躲过一场盘问。汪狗大概是希望打通张道义这个关节，把处里的办公桌椅发包给一个汪狗属意的有关公司，张道义不肯，汪狗走后还和小四母亲吵得激烈。张妈妈一直嫌丈夫不会圆融变通，害得一家子没好日子过。最后，张道义火了，大声呵斥小四母亲。

小四不胜其烦，忽而感到父母和他的距离有说不出的遥远。他在日记簿上涂涂写写，愈写愈毛躁。

16

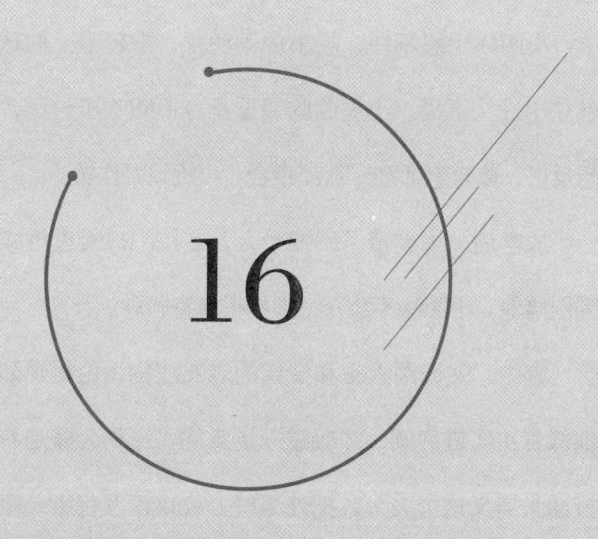

●●●●●

　　知道小四被扁了以后，小马便急公好义地以老大哥的态度对小四训话："看你，这次真的被扁了吧！你凭什么找人家麻烦，又不是真的在混！"小马是有意卖哥儿们的交情，"要不要我帮你出面解决？"

　　小四拿篮球砸刘名虎头时，根本没想到会有这种结果，好像一只脚不小心踏进大水沟里，整个人连拖带拉就栽进去。他还是嘴硬："我自己解决吧！"

　　小马家不愧是将军府，深宅大院的日式房子，门口还有几只大狼狗在巡视。小马不只藏有一把三尺的武士刀，家里猎枪、手枪也见得到。对小四而言那么遥不可及的东西，如今都近在眼前，仿佛玩具一样。小马从小就爱拆枪、擦枪，据说他的司令官老爸在儿子三岁时就教儿子立正、稍息、向后转。

小马一边把猎枪上油，一边开导："你不要小看外面混的人，跟他们卯上了，可是没完没了。为了一个女孩子，不值得嘛。难道你要步哈尼的后尘，搞得身败名裂……小虎讲了几句难听的话，你就跟他翻脸？！你是想追小明啊？你要马子我帮你找，唉，就是那么一回事啦，对马子不要太认真，她们都一样。"

小马最近不知怎的，好像和滑头的马子小翠挺熟。像小翠这样的马子，小四是挺瞧不起的。小翠就爱穿着迷你裙、紧身衣，跟谁都能混，这一阵子听说是和小马在一起。小猫王对小翠曾有很毒的形容："背影像朵花，正面哎哟我的妈。"小四还觉得很贴切。小翠的脸确实不讨喜,尤其是侧脸,一条侧脸的弧好像歪七扭八得失了方寸。

小马当下就积极替小四物色对象,约了星期天,叫小翠找来一个强恕的女孩子,叫作小玲,由小马做东,到新声戏院看《大江东去》,玛丽莲·梦露主演的。小马带着一盒美国大兵吃的那种巧克力糖,叮咛他:"泡马子还是得阔一点。"

这场电影看得忐忐忑忑不说,中场时银幕上竟还打出"张震外找"。小四挺疑惑,谁知道他在这里看电影?叫小玲的女生揪揪他的袖子,怕他没看见那行字。小四只有硬着头皮起身出去。

原来是小虎又带着几个兄弟来堵,嫌上次扁他不够。小四一出戏院,几个人就一言不发挥拳如雨。小四怕自己万一鼻青脸肿,给小马、小翠、小玲他们看了丢脸,什么也没想，紧紧捂住自己的脸，反正一个人也打不赢，就任他们拳打脚踢，见他没有反抗的意思，几个混混下手反而重不了，到底胜之不武。

回座后，小马问小四谁找，小四说是自己哥哥张强的朋友。

全身麻痛挨到电影散场，小四想开口说再见，被小马一把拉住，硬要一起散步："机不可失！你以为我真是带你来看电影的啊？"

四个人走着走着，到了附近废弃的旧牛奶工厂。

"来这种地方做什么？"

"你是真呆还是装傻？"小马邪笑着使给他一个眼色，"像电影那样你不会啊？"拉着小翠的手，就带进工厂去了。两个人的身影离小四渐远，小四的心就跳得越来越急。硬生生站在原地，离小玲有两公尺那么远。

工厂四周早冒出了尺高的杂草，草丛中传出青蛙的叫声，来自土地的寒气一点一滴从小四薄薄的鞋底传到心里。小玲比他大方，悄悄靠近他："喂，我们走一走好不好？"

小四怯生生答应，头一直不敢抬起来。

"你怕我啊？"小玲算是沙场老将，她还没遇到这种生手，觉得很好笑似的，"你把我当老虎啊。"

给女孩子这一讥嘲，小四的勇气多了起来。走入工厂侧墙黑漆漆的甬道，两个人挨得近了，小四才闻到小玲头发上散发的浓重花露水味，香气一波接一波，像海浪一样把他这一叶孤舟打得晕头转向，他决定拉住小玲的手。

"蚊子好多唷。"小玲借势打蚊子，身子倾进小四怀里。小四本来反射动作似的后退半步，自觉不安，接住了她。又拿一只手搭在小玲肩上，很惊讶女孩子的肩膀竟然也是软的。

两个人努力学浪漫，学《大江东去》里劳勃米契吻玛丽莲·梦露那种缠绵悱恻，小四先用嘴唇贴住小玲脸颊，牙齿竟然抖得跟打摆子一样。可是小玲身上混合花露水和些微属于异性汗水的气味，确实渗在他的身体里面，他的身体好像起了化学变化，有一把文火在慢慢地烧呀烧。他又好像家里后院的玉蜀黍植物，一夜之间，吐出了新韧的穗子；又有一些萤火虫似的精灵在身体的囊子里头乱撞，喊着要出来。

他却又想到爱不爱这个问题。他爱小玲吗？显然不爱，他们第一天认识。"小马和小翠现在不知道怎么了？"就在小玲的嘴唇找到他的唇时，小四忍不住说了这句话。小玲陡然和他分开，尴尬地看了他一眼。

"走吧。"小玲低头拔了一根草，在手里逗着，不再和他亲近，两个人谁也没看谁，默默走出甬道。

"我没见过你这种人吔。"

小玲先克服了忸怩的气氛，哧哧笑了。"我走啦，后会有期。"她看似一点也不介意地离开，留下小四在废工厂外发愣，痴痴等小马出来。

　　小马和小翠在做什么？小四实在蛮好奇。好久小马才从工厂里牵着小翠的手出来，一脸喜色，想必和他经历的不一样。

　　和小翠分手后，小马得意扬扬地举起手来，要小四闻："小翠的味道，你享受看看。"还是明星花露水的气味，这时闻起来腥呛呛的。

　　小四尽管不理不睬，发脾气似的把头一扭。小马也火了："给你开心你还不高兴！"

　　小四任他骂，静静看着一轮银白色的满月。月亮也静静地看他。

17

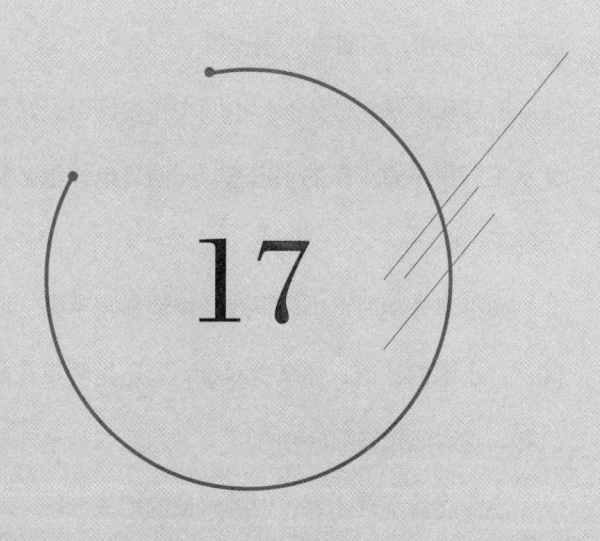

·····

老哥哈尼死得不明不白，把一向只懂唱歌作秀的条子给惹火了，当机立断联合几个比较狠的台客要直捣眷村帮。

条子知道，不借外人的力气，这个仇很难报。小公园帮许多混久一点的，都给滑头分化走了，精锐尽去，跟眷村的人合办演唱会，这些人或多或少都贪了一些好处，要和他们联手对付眷村帮是痴心妄想。

好在哈尼在的时候，有几个拜把的台客好友。大家表面义愤填膺，愿意奉陪，其实也是有意介入小公园帮这块肥地。

小猫王和飞机被告知这个机密，不过条子声明只要他们把风，明知他们不是狠角色，参不了杀戮行动就是。

尽管如此，一连好几天，小猫王和飞机还是磨刀霍霍，小四也就陪着混下去。小猫王听小马说，小马的武士刀是在日式房子的天花板中找到的，他也偷偷把自己家里的天花板拆卸下来，看看能不能找到一把武士刀，皇天不负苦心人，他终于在天花板一角发现了一大包东西。里面有一叠日文书信，还有一把锈了的小刀。

小猫王喜滋滋地拿给小马看，小马大笑："你什么都拿来当宝贝啊，那是日本女孩子自杀用的匕首！"

小猫王当然看不懂日文，不过从其中一封信里掏一张穿高中制服的日本女生照片，他就开始竭尽所能地幻想起来。他告诉小四和飞机说，那个穿高中制服的日本女学生叫小百合,所有的信都是她在南洋打仗的男朋友写给她的,战况愈烈以后,男朋友的信也愈写愈少了。

"然后呢?"虽然知道小猫王永远胡说八道,小四仍然想知道结局。三个人骑着脚踏车,身上的背包都带着家伙,如果不说笑提点神,心脏恐怕会像铅块一样落下地。

"日本投降,小百合就跑到基隆港边等船,船一班一班地过,都没有看到她英俊的少佐……一天一天过去了,小百合越来越肯定,她的少佐一定战死在南洋。于是,她就拿着这把小刀,喏,就是我背包里面的那一把,准备殉情,不成功便成仁……"小猫王说得口沫四溅,"突然间,收音机中传来优待日本人的消息,所有日本人都可以安全遣送回国……她一高兴,就忘了自杀的事,回日本嫁给另外一个人了……"

"你还真会胡说八道。"飞机放双手骑车,趁机敲了小猫王一下头。

如果这种硬架也能用嘴巴打的话，那小猫王的万能嘴一定所向无敌，像机关枪一样，见一个死一个。

小四骑在最后头，他还是在想哈尼的事。人跟人之间似乎真有"磁场感应"，他跟哈尼大概就是会相吸的那一种。虽然只见过哈尼两次面，但感觉跟他很早就熟识了；只和哈尼说过几句话，却也像随时可以说心里事的老朋友。有些人，相近到即使蒙着眼睛，也会摸到彼此的存在。

条子和几个台客已经在万华赌场筹划大事了。收音机中才刚刚传出轻度台风来袭的消息，天边层层堆聚的乌云马上以迅雷不及掩耳的手段响应。不久，雨珠就在屋檐处密密联成透明的白布帘。

有个和哈尼最熟的台客，绰号叫"师爷"的，打量小四他们三个人几眼，问条子："这些囝仔底家冲啥？"

条子说，他们都是小公园帮的朋友。师爷瞄了一下还是摇摇头："无路用啦，这些没生毛的团仔，生鸡卵的无，放鸡屎的有，回去，回去……"

条子和台客商量，讨价还价的结果，只留下小四："我哥以前蛮喜欢他的，让他去吧。"

只有小四被应允留下来。小猫王不太甘愿也无济于事，鼓着嘴把那把被小马讥为"日本女人自杀用"的匕首交给他，拍拍他的肩："保重！刀我磨利了，希望你用得上手。"

小四跟着条子和台客十多人，搭四辆三轮车，在击战鼓一样的雨声中出发。几个台客都带着三尺六。

三轮车的挡雨幕挡不住寒湿的雾气，小四还穿着短袖汗衫，冷得直发抖。

到了弹子房门口，从挡雨幕的缝隙中一瞥，只见卡五、山东和几个二一七眷村帮的老字号人物闲闲散散地窝着打弹子。昏黄的灯下香烟烟气缭绕,像一条随时变形的白蛇,弯来转去。

还来不及惊觉,一群台客已经挥刀杀人。在没有准备迎敌之下,球杆和椅子都被当成武器。

小四还是被派在门口把风。

血腥腥的场面录在他的眼底,再也没有出来。他是愣呆了,直到一股腥气伴着水汽蹿进他的鼻孔里,他意识才清醒过来。

雨仍然哗啦啦下着,只是周遭忽然变得很安静。弹子房的灯光全熄,人气尽散,透着一股诡异的气氛。

小四拿着手电筒小心翼翼地往里头探照。跨过弹子台,一只断臂躺在血泊里。小四眨了一下眼,仿佛看见那只手臂还是活的,手指微微抽动。

他的眼又眨了一下,疑惑自己是不是眼花了。

恍惚看到山东的女人小神经负了伤,一跛一跛在自己前头晃过去,这时他才想起这次自己负的是杀戮任务。举起小刀,小神经睇了他一眼,没力气理他,一副随他怎样的态度。那平淡的一眼看得小四心里发毛,手又放下了。

18

• • • • •

后来小四才知道，眷村帮的头子山东和卡五都没逃过这一劫。滑头不在现场，没遭殃。

卡五横尸在圳沟里，身上十一刀，山东横在弹子房二楼。那条断臂是山东的。

也有几个台客受了轻重伤。

在深夜持续不断的倾盆大雨中，小四一身湿漉漉的冒雨骑车回到家，本以为家人该睡着了，可以偷偷摸进去。不料家中灯火通明。

怪的是客厅里空无一人。小四正想到浴室把一身脏污冲刷掉,不料张娟和张琼两个姊姊一起叫住他。

"这是怎么搞的?"大姊瞪着他。

小四赶紧嘘了一声,表示有话好说,别让爸妈听到。大姊皱皱眉头:"这么晚了,你还在外面混?家里出事了你知不知道?"

"什么?"

"爸妈现在都不在。刚才爸被三个带公文包的人带走了,好像是警备总部来的人,不知爸惹上什么祸。妈现在到爸的朋友汪伯伯家,看看能不能打听到为的是什么事。"

张娟靠近小四一闻,捏起了鼻子:"你在搞什么鬼?快去洗个澡!"

张琼一向体贴,先到浴室帮他放了水。

"怎么弄的?"妈妈既然不在,大姊有教养之责。

张娟这个大姊一向当得虎虎生风。

"刮台风，没穿雨衣。"

张震最近不说实话已经成了习惯，他听着水稀里哗啦从水龙头里直奔而下，刚刚那一幕竟清楚地回到记忆中：台客冲进弹子房，山东措手不及，举臂硬挡，一只右手就这样挂了；卡五挥着椅子，打倒了一个台客，甩过两个人，夺门而出；负伤的山东还顽强抵抗，拣起一根断球杆，戮进一个叫"马车"的台客肚子里，转身而走时被两个人朝背后猛砍……然后灯暗了，人好像逃的逃，赶的赶，只有他呆呆站在原地，被胡乱刮来的台风雨打得两颊好痛……

张娟看小四又在发呆，也没心情理他。张琼又帮他拿了干净的内衣裤来，静静看着自己的弟弟。张琼好像洞穿了什么，她在小四拉上浴室的那一瞬间叫住他。

"小四，你心里好像很不平静。"

张琼是张家儿女中最不染烟火味的一个。张道义和太太向来相信人定胜天,也没时间信教。张琼自己从念初一开始就加入校园团契,每个星期天跟上课一样准时上教堂,还在教堂当义务家教。张道义没管,孩子信什么教是他们的自由,张琼当神的儿女也就比当张家儿女来得虔诚。

"你有什么事都可以跟我告解。"张琼又追加了一句。

"不要跟我传教。"

小四顶了一句,进浴室去,大力舀水冲自己的身体。从前他洗澡没搓揉得这么谨慎过。他总觉自己身上有洗不掉的血渍。

那时他还不清楚,真正的伤亡究竟如何。他只隐隐感到,在那个台风夜里,他仿佛遗失了什么东西。

不晓得是什么,但心变得不一样了。

是长大了,还是心硬了?还是,心里原本隐藏得最深层的那一部分，像地下水管一样突然被挖土机的怪手，重重敲了一下。

他的心很不平静。好像刮过一阵台风一样，树拔瓦散，一切都不一样了。

大概为了消解心里的惶恐，第二天他还做了一件善事。他晚归时看到杂货店的胖叔喝醉酒瘫在公共厕所旁边不省人事，本来想拿石块好好砸讨厌的胖叔一下，趋近一看才发现胖叔口吐白沫，反而直觉地大叫救人。这一叫救了胖叔一条命，否则胖叔就得心脏衰竭死在水沟旁。

19

· · · · ·

张道义确定被警总的人抓了。

张太太十分担心，丈夫是不是会像传说中的一样，去了以后再也没有回来，或者被严刑拷打，剩下半条命？张道义的身子比常人弱，没事也要咳得掏心掏肺，怎么禁得起如此折磨？

几天来，她到处奔走。到张道义的老朋友汪狗家走得特别勤。汪狗好歹是一个和党有较密切关系的官儿，总可以查出一点事端吧。

虽然父亲几日未归,家里每个人都为此十分忧心,也相当不习惯,但光着急也没用,上班、上课的事还是得照常进行。

警察虽然找不到杀卡五和山东的人是谁,可是混的人都知道了,这是一报还一报,血债血还。每个明内幕的都知道小四参与了行动。

小猫王羡慕得不得了,恨自己没能参加壮举。

过了两天,刘名虎就找人捎信,要跟小四和解。刘名虎怕的可不是小四,而是怕小四和台客那一帮人若有什么瓜葛,自己以前带人扁小四的事可不是要血债血还?这可要送上身家性命。

小四也大方,他若无其事地跟谈和的人说,不用了。使得刘名虎那边更是疑惧参半,不知他葫芦里卖什么膏药。

再一次看见小明,是在医务室里,和第一次看到小明一样，小四又去打预防针。小明似乎早早见到他进医务室了。小四忽而转头看窗外，就见小明站在红艳艳的凤凰树下对他笑，那个微笑好像等在那里好久好久了。

"哗！"小四打完针出来，小明避在一旁，想吓他个措手不及。午后阳光浇在她雪色的圆脸上，看起来很精神，似乎哈尼的死亡阴影并没有再困扰她，她又活了，活成另外一个青春、艳光四射的女孩子。

小四的眼睛在大太阳下很容易把任何东西都看成白花花一片，他索性眯成一条细缝看她。

"你近视是不是很深哪？怎么这样看人？"

"要记住你。"小四用半开玩笑的语气说。

几天不见，小四成熟很多，小明看出来了。她也明白小四跟着台客帮哈尼报仇的事，但不问不说，打打杀杀的事，她听多了，不痛不痒。

"不给你看。"

虽然这么说,小明反而把脸凑向小四。她吐出的气像微风一样拂着小四的脸。

"这样就看得很清楚了吧。"她笑着说,"让你看成斗鸡眼!"

上课铃响,小四才轻轻拧了她的鼻子一下,依依不舍地和小明告别。忽然想起第二天是星期天,急忙叫住小明:"喂,明天你有没有事?"

小明朝他甜甜一笑,抿抿嘴,卖关子。

星期天一早,却是小明先来找他。她在小四家门口学泰山叫猴黑猴,害小四以为小猫王来找他。他跟大姊、妈妈说,要跟班上同学一起去郊游,就和小明一起到堤防上吹风了。

小四在堤防上吻了小明。小明先逗他,她确信他懂得不多。她像调教一个新手一样,引导他颤抖的手和嘴唇。

小四的舌尖一阵热,心窝一阵痉挛。他不由自主地想起上一次的经验，和小翠介绍的马子，叫小玲的，惨不忍睹的样子。他自己取笑起自己来。

"你呆笑什么？"小明问他。

小四还陶醉在醺醺然的热浪之中："真的，我以前从来不晓得，亲嘴的感觉可以这么好。"

话一出口，知道该后悔的时候，小明已经唰拉翻了脸："你以前跟谁亲嘴？"

她自己也不可能没有经验，但是就在最该浪漫的时候，小四话中把玄机露得这么白，她还是有一百个理由要计较、要不高兴。身子一转就自顾自地走向前。

"我只是说，我以前以为，以为……"想补救已经来不及了，小四只好嬉皮笑脸地拦上前去，"你不要生气，不要生气嘛。"

小明不理。他又高声喊："你要去哪里？我陪你，可不可以？"

"哪儿也不去。"

"我带你到一个好玩的地方,让你玩个够好不好?"小四忽生一计,他想到了小马家,小明一定会喜欢小马家。

小明果然问:"哪里?你哪会知道好玩的地方?我不相信。"

"跟我来就是了。"小四拉住她的手。两个人在这一刹那又相顾而笑。

"就跟你一次。"小明爱娇地眨眨眼。他们一起快步跑过堤防。风都兜进衬衫里,吹得鼓鼓的,好像整个人都会飘。

小明确实很喜欢小马家。

小马家那种深宅大院,不是一般人住得起的,想参观都不容易。小马家还很考究地摆设了各种珍奇古怪的玩意儿,小明东摸西摸,兴奋全在脸上。

小马的爸爸一向不在家,家中除了用人,只有母子两个。小马是独子，妈妈把他宝贝得不得了，心哪肝哪随便叫，到念初中还是一样。这回看到有小明这么清秀利落的女生来家里，又端茶又送巧克力，还捏着小明的手：

"我就希望小马是个女生，可惜不是。女生好，女生贴心……"

小马在一旁哭笑不得："妈，你每次看到女生就这样，真受不了。"

"好啦，你好好招待同学玩。妈就回房听戏去！"小马的母亲说话是字正腔圆的北京腔，穿的旗袍烫得平平挺挺，一看就是官太太的架势。她对小马不言自明的宠爱，叫小四和小明看在眼里，羡慕不已。

母亲一走，小马就偷偷拿出父亲放在家里没带走的手枪来："喂，这个没玩过吧。小四，上次给你玩的只是猎枪，这一次我们玩真的！"

小明觉得很好奇，小马答应教她瞄准，小明也学得相当有劲。

小马一走,小明自己端详手枪,看小四走过来,存心要逗小四玩。枪口转了向,对小四瞄准:"喂,看枪!"

小四做了个鬼脸,表示不怕。小明一脸顽皮地扣下扳机……

砰!

一声巨响,后坐力震得小明跌坐在地上。小四呆呆站着,他一点也没心理准备,因为他不知道,枪里真的有子弹!

他打量自己全身上下,确定子弹没伤到他。小马听到巨响快步冲上来,夺了枪,狠狠捆了小明一巴掌。

"子弹不长眼睛,这可以这样玩吗?"

小明也没想到,手枪里装上了子弹。她愣了一下,很委屈地掉出眼泪来。

20

·····

　　经过一个星期的折腾，养了满脸络腮的张道义终于走进家门。至于他为什么被送进警备总部，还是莫名其妙。警总的人一直问他，这个人你认不认识，那个人你认不认识。他老老实实回答，可是认识的人毕竟不多，问他的人显然对他的答案相当不满意，要他接着赶自由书。没日没夜地那样赶，怕都把自己上半生的自传都写完了。

　　怎么被开恩释放，他也不明白。只是在放他出来前，警总的人提过他的老同学汪狗。到底汪狗跟这件事有什么关系，就完全没法知晓了。为了汪狗，张道义还跟太太扎扎实实吵了一架。张太太认为他被构陷根本是汪狗搞出来的，上次汪狗来家里情商工程发包的事情，张道义秉公处理，不卖交情，祸就来了。

女人怎么能懂男人之间的交情？张道义自是极力反驳："你怎么可以有这种想法，你不是说，我在里面的时候你去找汪狗，汪狗都想尽办法帮忙吗？"

张太太不以为然，认为那是套招。因为张道义这次出来，他原本在局里有关工程发包方面的重要事务，都名正言顺地转到更"身家清白"的人手里。他硬被编派了一些琐事，在办公室里成天像个闲人兼工友。

张道义不肯在太太面前示弱，尽管无奈，他还是有一套阿Q式的说辞："这样也好啦！局里那些工作转给别人做，我也省得麻烦。"

从张道义回来以后，两夫妻之间好像堵了一道冰墙，各自往反方向走，越隔越远。张道义是在找一些自愚的理由为自己的心取暖；张太太想的是，下半辈子还是得冗冗长长、贫贫简简地过。她自己不怕，但怕自己丈夫的平庸误了儿女的成长。张娟考过托福，学校奖学金也下来了，总需要一笔钱带到国外去；底下几个还在念高中，虽说功课不劳烦心，也都负担不轻。小四的眼睛看样子近视是很深了，没闲钱给他配眼镜，恐怕视力会越来越糟糕。老五张婉还在念小学，还是赖在自己怀里撒娇的毛孩子，路还那么长、那么久。

那天小明因为无心犯了大错，吃了小马一个巴掌，心里已经闷得很了，回到表舅家，哑巴舅妈又咿咿呀呀急着要告诉她什么要紧事。两人牵扯猜测半天，表舅妈做出扇煤炉气喘的样子，她才懂了。

她要冲进屋里，表舅妈拦住了，往外指表舅平常停三轮车的地方。车位是空的，表舅载母亲出去了。没别的医院可去，准是南昌街校医家开的医院。

果然母亲躺在雪白的病床上，嘴里插着管子。医生说，没什么大碍，以后别让母亲靠近生煤就好了。

小明自然没有忘记问医药费的事。她和母亲毫无积蓄，连吃饭都成问题，哪儿有钱看病？表舅自己捉襟见肘，不可能当泥菩萨来保她们。寄住在人家屋檐下，已是天天大眼瞪小眼了，表舅大概还巴不得她妈喘死。

人一穷，就像长满癞痢的狗一样，谁见了都怕，亲人一个个恨不得逃得远远的。这是世间冷暖，小明已经尝过很多，不会怪人了。

她什么都没有，只有自己青春闪烁的身体。她只能付出这些。和许多个往常一样，因为没有倚恃，她靠自己来和岁月及现实争斗。

小医院的护士下班以后，她溜进医生的诊疗室里。医生正在静静地看书。她无声无息地走进去，把医生的手放在自己的腰上。

医生愣住了。他很难为情,平常他可以和这个十五岁的女孩子说说笑笑,给她一点爱怜与娇宠,可是他还是没有办法接受一个那么年轻的女孩子当情人。

"你喜不喜欢我?"小明问,她的脸上全写满了挑逗。

"我有……未婚妻,"医生结结巴巴,答非所问,"这种事情……男人和女人之间的事……你们小孩子……不懂。"

"你怎么晓得我不懂?"小明更贴近他的胸,仰着脸顽皮地看着医生。她感觉到医生的心跳仓促却无力,那是一种意志薄弱的人才会发出的心跳,他随时可以被她牵着走。

"我什么事都懂,我又不是没有经验。"

她挑起了他的好奇!"什么经验?"

"你猜不到。"小明继续吊他胃口。

"这种事不能乱来,你要当心。"医生实在不明白十五岁的女孩子懂到什么程度。他深吸了一口气看看小明,发现她看似天真无邪的纯洁笑容下,其实有一种潜流,那种潜流有清楚的流向。她有目的,他明白了。她毕竟还只是一个年轻的女孩子,并没有太厚的保护膜足以遮掩心思。

"你妈妈的医药费,你不用担心。"他轻轻放开小明的手,"下次发现有发作的倾向早点过来看。"

他心疼这个女孩,又想帮她:"你到底有什么经验?你……现在的男朋友是谁?"

小明笑了。她说,是张震。

21

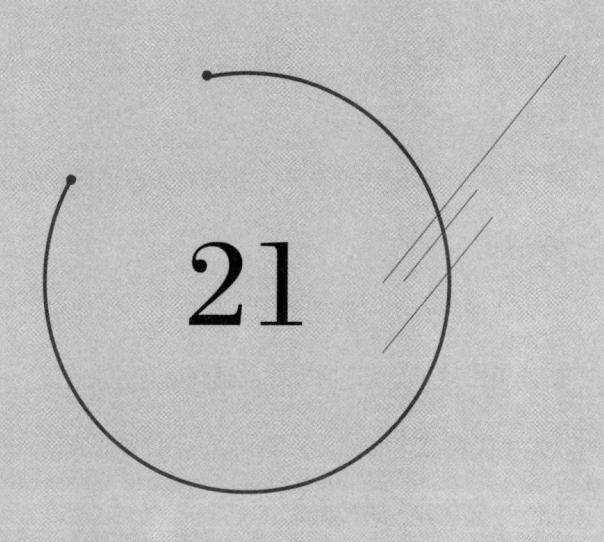

·····

星期六下午，小四到医务室，想拿点治头痛的药时，被医生叫住了。

"你就是张震？"

医生端端眼镜，上下打量小四，冷冷问他："你跟方小明怎么回事？"

小四先是吃了一惊：这事跟医生有什么关系？是谁来多这个嘴？医生故意装出来的严肃表情又让他很不耐烦，小四的倨傲不恭就全堆到眉眼之间来了。

医生说:"我不是喜欢管闲事,你们这个年龄谈恋爱应该要有个正确的引导。我的出发点还是替你们着想……"

小四两眼直瞪窗口,什么话也没听进去。护士马小姐走过来,看小四听训还一副左耳进、右耳出的德性,开口就教训起人:"喂,你耍流氓啊?没大没小,医生跟你讲话你给我站好!"

听了这话,小四肚子里熊熊烧起一把无名火,接口就说:"你管什么闲事?你警备总部啊?"

马小姐简直不相信自己的耳朵。她在医护室里是山大王,凡是来这儿讨药或扎针的学生,谁不看她脸色?今天这个铁是吃了豹子胆:"你讲什么?讲什么?再讲一遍!再讲一遍试试看!"

那气势可绝不输训导主任。

"我说你——警备总部!"小四面无表情地说。

马小姐仍不肯松口:"前面那句,前面那句,你再讲一遍,你说什么?"

"我说你多管闲事!"

小四豁出去了。

爱四处闲逛搭讪的赵教官此时刚好兜过来,见医护室里吵吵闹闹,就像嗅到犯人气味的警犬一样兴奋:"干什么?干什么?发生什么事了?"

马小姐马上接口了:"你看你们教的这些学生,每个跟流氓一样,开口骂粗话,乱搞男女关系,你们怎么教的!"

教官面子挂不住了:"张震!跟我出去,到训导处!"

在盛怒之下,小四也就摆出大无畏的样子:"去就去!又怎样?!"

结果,又请了家长到训导处对谈。张道义第二次到训导处来谈儿子记过的事情,再也没上回理直气壮。他从警总回来以后，胆子也萎缩了不少，这次垂头丧气坐在训导主任面前，默默听着训导主任的责难。

"上次你还骂我们不懂得办教育，你自己的家教到哪里去了？小孩满嘴脏话，我听了都难为情！你们做父母的，一点家教都做不到，还怪我们教坏你们的小孩，什么玩意儿！"

小四在训导处墙边低头站着，动也没动，只听见父亲言辞恳切地向训导主任求情："对不起，对不起……回去我一定好好跟他说，好好教他，你再给他一次机会好了。"

主任自顾自地啜茶，许久才冷笑一声："恐怕来不及唷！现在你的孩子已经变成这个样子，我们再不处理，不知道他将来会变成什么洪水猛兽！"

"实在是……"张道义实在不敢端架子摆脾气了，毕竟，记第二次大过，太影响自己儿子前途。一个污点还能解释成失误，两个污点太违背中国人"不贰过"的自古明训，他只好继续好言好语："最近我实在是太忙了。这都是我的疏失……他、他也不是真的无可救药的那种学生。你们再记他一次大过，他恐怕就升不了班，这对他也太不公平——"

"不公平？你上次不也觉得不公平？上次不怕我们记过，这次就怕了？"主任得理不饶人，一双眼炯炯有神地盯着张道义看，有意在言语上报一箭之仇。

张道义也没辙，像日本人行礼一样弯腰道歉："是我不对，是我不对……"

小四抬起头来，看见父亲为自己这么低声下气，受尽人格扫地的委曲，顿时血气上扬，全身筋脉都被抹上了油，一点火就会爆炸一般。偏偏这时训导主任还酸溜溜地对自己父亲说："大家都吃公家饭，你有什么好神气！"小四就再也忍不住了，捡起脚边一根被训导处没收来的棒球棍子,瞬间高高举起。待训导主任发现他这种举止时,早已没地方躲了。

哗的一声!四周陷入一片死寂,全部的人都像被钉住的标本。

训导主任桌前的电灯泡散个粉碎,只剩下半截电线还在半空中无助地摇晃。

这次小四被退了学。

22

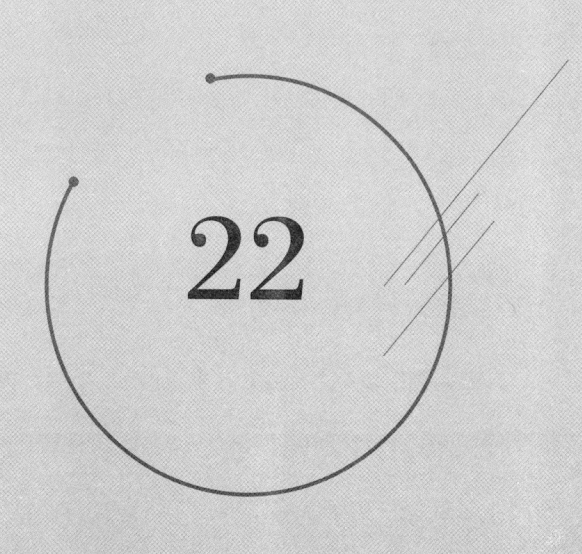

·····

人被逼到绝境，反而会生出无限勇气，小四告诉父亲，退学没关系："我现在开始准备，暑假考插班，一定给你考上日间部，这个我有把握。"张道义对自己说情继续失败，也感到与有责焉。他告诉自己的太太，从今起戒烟，每个月可以省下不少钱，小四配眼镜的钱就有着落了。

被退学以后，小四就用书墙把自己牢牢围堵起来，反而比到学校上课的时候用功些。

大姊张娟忙着准备到美国留学的事，哥哥张强又天天离不开弹子房，小妹还小，家里的兄弟姊妹就剩二姊张琼在留意他的状况。张琼想劝他一起信天主，被他沉默地婉拒了，但张琼也不灰心，她常在小四的书里夹一些圣经摘句，还送小四一个小小的十字架链子。

　　小四知道二姊的好意，但他总觉得，张琼和他是生活在两个世界里的人，心灵永远不可能有任何交集。

　　小猫王偶尔也来看他，送送上课笔记和自己灌的卡带。小猫王够朋友，本来平常上课都顶心不在焉的，为了替他抄笔记，结结实实地把老师讲的话从头抄到尾。

　　心情闷的话，小四也会到附近图书馆的阅览室去看书或借书。他叫小猫王替他捎了一封信给小明，跟小明发誓，说下学期他考进建中日间部之前，不去看她。很有"匈奴未灭，何以家为"的豪情壮志。

　　有一天，在阅览室里遇到小翠。小翠竟也在图书馆，倒是天下一大奇事。小四好奇地瞄她看的东西,才知道那是一本爱情小说。

不久小翠也看见他在,走过去和他搭讪:"小四,你这么用功啊?中午一起出去吃面好不好?"

小四一向不喜欢她的作风,立刻一口回绝;见她一副讪讪的样子,才随口问起小马。他被退学之前,早知道小翠又跟小马打得火热:"小马最近怎么了?我好久没看见他。"

小翠听他一问,反应似乎很惊讶:"小马的事你还会不知道?"

小四确实什么都不知道。这回换他吃惊:"你……跟他又翻脸啦?"

小翠无奈地苦笑一下,确定他一无所知,就不打算多嘴,摇头走了。小四没继续问,他也不爱同小翠那种女生讲什么,怕又惹一身不名誉。隔几天小猫王来找他,他才突然想起这事,问小猫王:"小马最近是不是出了什么事?"

小猫王好像听傻了,欲语还休。小四重提了一遍,小猫王才嗫嗫嚅嚅:"不要问我啦,问这个是故意找我麻烦嘛,"想了一会儿才又说,"啊,反正小明的传闻一向就很多,你以前不在意,现在又何必在乎?你现在只要念书就好啦,不要理它,不要理它……"

小马的事跟小明有什么关系?小四的心里忽然起了疑窦。有疑问在心头他就没法好好读书,他闷了两天,决定自己去问问小明。一个人壮着胆子在眷村的巷弄里绕来绕去,像只无头苍蝇一样盲目搜索,期待能够碰到小明或一两个认识的人。

找了半天,只看到有公共水龙头的地方蹲着一个熟悉的人在洗衣服。走过去才认出来,是以前山东的女人小神经。他看到小神经头上有块疤,血块还凝在伤口上头,显然是那天械斗时被台客砍的。那天小四也混在台客那边,小神经铁定记住了,但他也不管,劈头就问:"有没有看见小明?"

小神经埋头洗衣服,念在当初小四没有落井下石补上一刀的分上,许久发出一种僵冷的声音:"你找她干吗?你还敢踏在眷村的地盘上?不怕我们找你血债血还?"

小四硬是不受恫吓:"你只要告诉我她住哪里。"

"你一定要知道?"小神经抬起脸,古怪地撇撇嘴角,"她搬走了。"

"搬到哪里?"小四非找到她才心安。

"不要找她了。"

"不行。"他满脑子都是疑惑,"你这样讲是什么意思?"

小神经若有所思,突然迸出一句不相干的话来:"这种没老爸的马子最难搞!"

"她老爸……不是在外岛吗？"小四记得小明和他说过，她爸爸在大胆岛当排长，所以她希望自己是个男生，可以和爸爸一样当兵报国。

听了小四的回答，小神经暧昧一笑："她又搞这一套了！"然后，凭小四再怎么问，就是不肯说下去。

小四又漫无目的地晃到小公园冰果室，往里头一探，没看到什么小公园帮的旧人，只见大部分桌子都被那批台客占据了。滑头竟然也夹在那一群台客之中，有说有笑。他心里很不屑：这家伙简直是变色龙，跟谁都能混！他大摇大摆走了进去，停在滑头跟前："喂，你出来一下。"

"有话在这里讲不行？"滑头以为自己这边人多势众，有人撑腰。

"我找你了断以前的事！"

滑头好像喝了点酒，有点醺醺然，记不得从前什么事，人先直挺挺站起来了："跟我了断，你算老几？"

小四不等他站稳,抡起拳头,泄愤似的狠狠打了滑头肚子几拳。本来在一边大谈"眷村之役"英勇事迹的台客,见小四曾经和自己哥儿们行动过,也愣着没管。

滑头禁不了捶,没三下整个人瘫在地上。几个台客中反而有人爆出笑声:"真没用!"

23

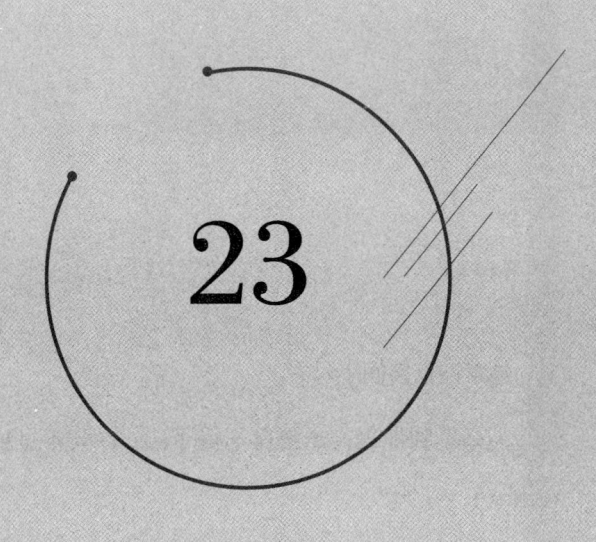

······

他索性直接问小马去。

小马见到他来,热络得不得了:"好久不见!你躲到哪里去了?"

小四见了小马,有一种恍如隔世的感觉。

"怎么来啦,你现在在搞什么?"

"没什么,成天读书、读书、读书。"小四试探性地问,"你最近是不是有什么事?"

"我能有什么事?"小马说得很轻松,"还不是一样混日子,上无聊课,哪像你逍遥自在!"

"你知道小明在哪儿吧?"

"哦——"小马豁然开朗,"你还不知道啊,小明现在就住我家。上次我不是告诉你们我家用人走了吗?你来我家之后几天,小明就来找我,问她妈可不可以到我家做事,我妈很喜欢小明,就一口答应了。"小马说得很不在乎,小四却边听边生出一层冷汗,牙咬得越紧。

小马没有看出老同学表情的变化,犹意味无穷地说着:

"嗯,小明这马子挺不错……"

小四的愤怒已经呼之欲出了。他像个石人般,身子一点儿也挪不动。

"她在呀,你要不要进来看她。"小马仍然很热烈地招呼。

小四咬着唇:"你现在跟她怎样?"

小马这才发现,小四脸色都青了,没想到他那么在意，可是嘴里还不放松："还不是一起鬼混一下。怎样，你会不爽啊？"

小马一向认为自己够朋友，看小四表情不变，接着便很大方似的拍拍小四的肩膀："你不爽的话，我就不玩了，哥儿们嘛！"

"你看着办！"好久小四才冒出这句话，无疑是叫小马等着瞧。小马见自己的好意不被接受，反而碰了一鼻子灰，终于恼羞成怒："你这什么意思，是她自己送上门的，又不是我去找她！马子就是这回事儿，她们都一样骚！"

"进不进去？"小马再问了一遍。小四又不搭腔，自己转身回门。小四反而叫住他："我们的事还没了。"

小马脾气不见得好，耐不住就翻脸了，面对小四破口大骂："你为这种事跟哥儿们翻脸，什么玩意儿嘛，婆婆妈妈跟女人一样！我又不是第一个跟小明交往的！"

小四把手一插,一股悍气就溢出来:"你不要再哈啦!我懒得听你那公子哥儿的大道理!从今天起,只要让我知道你还跟小明在一起,我就每天到学校堵你!堵到你发抖!"说完毅然转身就走,只听见小马在背后气喘喘大嚷:"我从前还把你当哥儿们,你跟我来这套!你找死!带种的就不要不敢来,你敢来找我几次,我就扁你几次……"

24

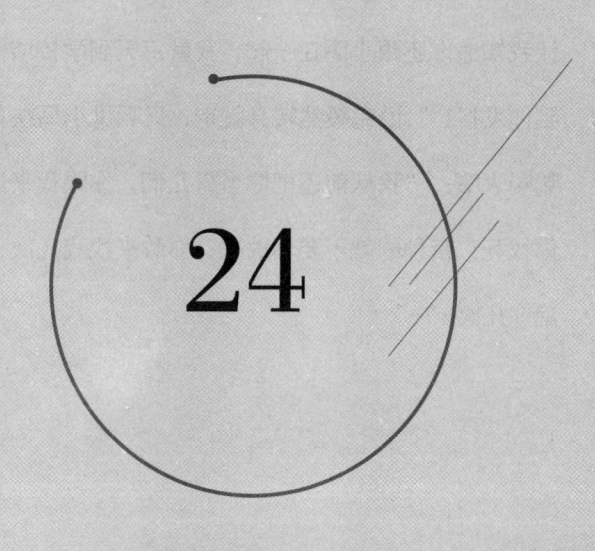

•••••

小四拿走了母亲的表,到巷尾的当铺当了三百块钱,到百货店里买了一盒和从前小马泡马子时用的一模一样的巧克力。

他约了小翠出来。

小翠穿了一条紧得不能再紧的绑腿裤,口红涂成血腥腥的赤红色。他带小翠慢慢走到从前那个废弃的牛奶工厂里,把巧克力轻轻放在小翠的手里。

小翠的脸上有掩不住的欢喜。她勾着小四,小四用手电筒当光源，穿过许多锈坏了的机器及杂物、垃圾，找到一个破旧的榻榻米坐下。

坐定之后，小四想把手缩回来，小翠却有意勾着他不放："我就知道你会来找我。"

小翠对他含情脉脉地说。她的眼神令小四看得傻了。

"为什么？"小四问。

"你猜？"

"不……不知道。我又不是你，怎么猜？"

"你真是呆头鹅吔，"小翠娇娇怯怯地笑出声，"因为，我很喜欢你。"

还没有女孩子这么堂而皇之地说，喜欢他。小四脸上不自主地一阵晕红。意识清醒过来，见小翠乖乖巧巧地闭上眼睛，他还愣了一下，才明白小翠想要他做什么。

他凑过脸去，亲近小翠的颊，却闻到一种似曾相识的味道，那是上次到这儿来时，小马要他"享受"一下的味道。同样来自小翠的身上，但那种记忆让他觉得全身不舒服。好像有一种叫作"罪恶感"的东西，在他灵魂深处演奏交响乐。他退缩了。

小翠就像忽然被退了货一样，一头雾水，满肚子不高兴。

"你怎么了？"

小四不说话，两人陷入可怕的沉寂之中。

过了很久小四才说出他想知道答案的问题："你这样，一个接一个地换男朋友，有乐趣吗？"

小翠被他言语中的轻蔑恼火了，她本能的反应情绪："这又有什么不好？我喜欢谁才跟谁在一起，有什么不对？"

两人又陷入对峙无语的尴尬中。小四想起自己这次约小翠出来的目的，不是来跟小翠吵架的，他只是想把事情问清楚，问问看女孩子心里到底怎么想："你可不可以冷静一点告诉我……我只是有点想知道,你跟小马还在不在一起?"他又补上一句,"滑头知道了有没有怎么样?"

他还不信,小明会跟小马搞上。小翠后来不是跟小马很好吗?或者小马只是说说气话而已,小明跟小马根本没关系。

小翠忽然气得全身颤抖,几近抽搐,一句三字经自然而然地吼出来:"你管这么多?你管这么多干吗还约我?你就以为我贱啊?我告诉你,最贱的不是我,我还差得远呢……"

小翠积压良久的委曲与愤恨像决堤的河水一样再也堵不住了,她的歇斯底里越发不可收拾:"找我出来还教训我,你知道谁才不要脸吗?我告诉你,我被你害惨了,上次你在国语实小看到我?跟滑头在那里偷鸡摸狗的是谁你知不知道?是方小明!"

小四仿佛被极大的真空管罩住了,整个人震惊得难以动弹。小翠继续吐苦水:"那时候哈尼还没死,滑头怕哈尼知道担不起,才来利用我,叫我跟着他,他哪里理我?你们全是孬货!笨蛋!你们全被搞了!"

小翠拍拍身上的灰尘,嫌脏似的:"你们这些孬货,谁骚都搞不懂,为那种女人死,值得吗?不如来为我死……"她笑得很凄惨、很无奈,"现在她又搞上小马了,小马家有钱嘛,应有尽有,她哪里会把你看在眼里……"

"不要说了!"小四再也听不下去。小明怎么是这样的人?他还以为她像植物园荷花池里娉婷无尘的白荷花。怎么被小翠说成这样?

小翠在伸手不见五指的黑暗中狂奔而去。

小四怏怏地回到家,大姊已经守在院子里等他了。房里传来父亲痛骂张强的声音,还有杖子狠打在肉上的啪啪声响:"你什么都敢偷!不求上进,没出息!你念建中了不起？念建中就可以在家里当小偷是不是……"

妈妈一边哭一边叫："不要打了，不要打了……"

是张强把偷表的责任悄悄承下来了。小四想去自首，大姊拦住他："我知道是你。可是你现在别去，太晚了，爸知道是你会更难受，因为爸最疼你……"

那一棒一棒都像是打在小四身上一样。小四心里不断挣扎，想认错，又不断压抑，他也怕。他不怕打，怕爸爸对他绝望，他最近已经叫爸爸太担心了。

哥哥张强发出的每一声惨叫，都像是他发自肺腑的、天坼地裂的声音。

25

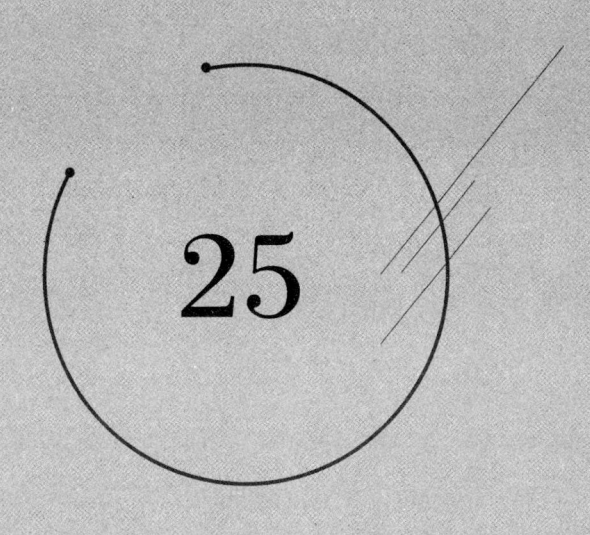

······

入夜了,小四带着匕首在收工了的片厂守候,他早叫小猫王约小马出来,孤对孤。

他不知道找谁出气,只有按"规矩"和小马清这笔账。

弄了半天不见小马的人,许久小猫王才气喘吁吁地跑来,上气不接下气:"你今天先回去,我明……明、明天再帮你约啦,给、给个面、面子——小马带三尺六到学校来了——这干起来不得了,拜托,大家消消气,给个面子你先回家,明天再出来谈……"

小猫王不等他说好,一溜烟跑了,留他呆呆站着,不知这下何去何从。

有脚步声接近,小四惊觉地躲进黑暗中。一会儿才发现,来人跟他无关,他才放心地从阴影里走出来。来人是上回拍戏的导演,拎了瓶小酒,一个人踱回片厂,大概是收工后穷极无聊,回来逛逛。

这导演还记得小四,见了他,大喜过望的样子,把他叫住了。

"喂,小弟,上次跟你一起来的那个女孩子呢?能不能帮我找一下?试过镜以后我们要找她,她已经搬走了。你跟她说,我们要好好栽培她——小小年纪不得了,要哭就哭,要笑就笑,好自然哪!"

小四知道导演在说小明,一股气全部灌在导演身上,马上抢白:"自然?全是装出来的!连真的假的都分不出来,你拍什么东西?!"

说完，人就头也不回地走了。

他的气还在，不甘心，又混回学校去。放学后，人潮散尽，放脚踏车的车库都空了，只剩小马的脚踏车孤零零在车库里。他想小马不是没种先溜了，就是还在学校，等一等他也好。

他看到对街小明背着书包从车库前走过去。小四跑过街，拦住小明，想把话问个明白。没想到小明看到他突然出现，仿佛很开心，一副什么也没发生过的天真表情。

"你现在过得很好哦。"小四故意冷冷地说。

"什么好，还不是一样。你好不好？"小明虽然发现了小四举止、表情皆怪异，还装作泰然自若的样子。

"你为什么躲我？"

"我哪有躲你？"小明被他问得莫名其妙，"你不来找我的。你信上不是说要好好念书吗？"

"你这样我根本念不下书！"

"我怎么了?"

"你为什么要跟小马在一起?"

"我哪有?"小明笑了,她当他在耍小孩子脾气,"你好好念书,不要胡思乱想。"

"你骗人!你一直在骗人!"小四想起小神经、小马和小翠讲的话。他们三个人历历指证,她一直在骗他。"你不能继续骗人!"

小明知道他情绪激动,换了清清澄澄的眼神正经看他,不跟他寒暄了:"不要找小马,你会吃亏的!"她早就明白,小四为了她要找小马单挑。

"你玩的游戏太残忍了!"小四不由自主地想起哈尼的死,还有哈尼杀死的人,他们的死都可以解释,是为了眼前这个眉目清秀、看来纯真无邪的小女人,"那么些人为你死,你还不停止,你太狠了你!"

"关我什么事!"小明不能忍受他说教,她有她的难处，他从来不曾在她需要帮忙的时候伸出手，甚至现个脸，他根本也没有能力帮她，凭什么管辖她？"你要死也可以去死，也不关我的事！"

小四整个人灼灼烧着，一身火被她的话浇得更烈更猛，烧得又麻又痛。

"我不要再看到你了……"

没等小明这句话说完，他已经在盛怒之下拔起刀，往她穿着雪白制服的胸口插下去。小明绝没料到他会这样，吓得叫不出声，踉跄后退一步，贴住墙壁，整个人藏进阴影里，他又补上一刀，又一刀："没出息，你不争气，你说谎，你骗我……"

杀到第七刀，他的手瘫软了。他知道自己不知不觉地哭了，但哭不出声音。

26

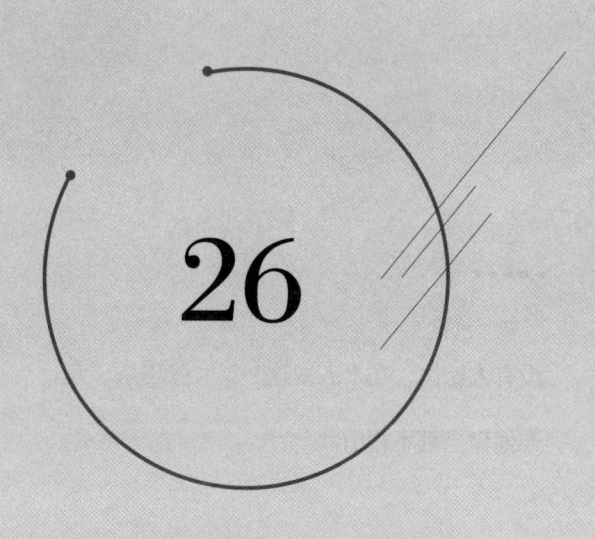

•••••

没有人相信，在十五岁这一年，张震杀了人。

连他自己都不相信。

工作人员名单

监　　制：詹宏志

制　　片：余为彦

导　　演：杨德昌

编　　剧：杨德昌、阎鸿亚、杨顺清、赖铭堂

摄　　影：张惠恭

剪　　辑：陈博文

美术设计：余为彦、杨德昌

成　　音：杜笃之

音　　乐：詹宏达

灯　　光：李龙禹

制片经理：吴　庄

技术经理：李以须

表演指导：王　娟、蒋薇华、杨顺清

副　　导：蔡国辉、杨顺清

助　　　导：王　娟、王耿瑜、萧　艾

场　　　记：陈若菲、林月惠、陈湘琪

剧　　　照：王耿瑜、杨顺清、李世民

助 理 制 片：杨海平

剧　　　务：殷玉龙

行　　　政：李婠华

公　　　关：阎鸿亚、蒋薇华

陈　　　设：杨顺清

美　　　工：郑康年

道　　　具：谭智华

服　　　装：陈若菲、吴乐勤、朱美玉

化　　　妆：吴淑惠

现 场 录 音：杨静安

摄影第一助理：洪武秀

摄影第二助理：谢文兴

电　　工：陈伟圣

灯光助理：杨治国、鲍俊宏

场务领班：李敏男

场　　务：曲德海、徐贤良、陈泰松

演员名单

小　　四：张　震

小　　明：杨静怡

父　　亲：张国柱

母　　亲：金燕玲

大　　姊：王　琄

老　　二：张　翰

二　　姊：姜秀琼

小　　妹：赖梵耘

小四同学、朋友

小　猫　王：王启赞

飞　　　机：柯宇纶

小　　　马：谭志刚

小　　　虎：周慧国

小　　　翠：唐晓翠

小公园太保帮

老大哈尼：林鸿铭

条子（哈尼弟）：王宗正

滑　　　头：陈宏宇

蚯　　　蚓：杨天祥

帮　　　众：廖小维、林正菁、李明勋等

吉　　　他：曹子文

贝　　　斯：刘名振

鼓　　手：张逸群

钢　　琴：袁　凌

二一七眷村太保帮

老大山东：杨顺清

小　神　经：倪淑君

卡　　五：王维明

光　　头：王也民

西　　部：曲德海

南海路太保帮

叶　　子：沈　旋

颗　　星：傅仰晔

万华市场流氓

师　　爷：李清富

马　　车：陈以文

文　　旦：林仁杰

吗　　啡：郑源成

两　　光：蔡奕钦

帮　　众：殷玉龙、郑康年、徐贤良等

其他

汪　　狗：徐　明

小明母亲：张盈真

表　　舅：金士杰

表　舅　妻：林丽卿

夏　师　母：唐如蕴

小马母亲：萧志文

司　　　机：陈良月

陈 牧 师：陈立华

飞 机 父：吕德明

冰店老板娘：萧　艾

飞官瞎子：陈希圣

红 豆 冰：黄淑娟

训导主任：沈永江

工　　　友：范洪生

老　　　师：蒋　沅

国文老师：阎鸿亚

数学老师：马汀尼

教　　　官：胡翔评

小 医 生：施明扬

诊所护士：陈立美

小医生未婚妻：陈湘琪

老 医 生：赖德南

医务室护士：林如萍

导 演：邓安宁

大牌女明星：石明玉

副 导 演：石依华

摄 影 师：舒国治

场务领班：郭昌儒

老 板 娘：高妙慧

少年组组长：刘长灏

警 官：侯德健

女 警 员：郎和筠

刑 警：汤湘竹、陈来福

警备总部主任：余为彦

警备总部干员：王道南

新公园情侣：杨立平、周慧玲

寄车处管理员：吴　功、林　维

电星合唱团

主　　唱：徐庆复

鼓　　手：陈体强

贝　　斯：高宗保

吉　　他：张祥麟